AF590276

PUBLICATIONS DE LA FACULTÉ DES LETTRES
DE L'UNIVERSITÉ DE STRASBOURG

Fascicule 6.

PAUL PERDRIZET
Professeur à la Faculté des Lettres
de l'Université de Strasbourg

NEGOTIUM PERAMBULANS IN TENEBRIS

ÉTUDES DE DÉMONOLOGIE GRÉCO-ORIENTALE

EN DÉPÔT:

LIBRAIRIE ISTRA, MAISON D'ÉDITION
STRASBOURG, 15, rue des Juifs — PARIS, 57, rue Richelieu

BRITISH ISLES, BRITISH EMPIRE
OXFORD UNIVERSITY PRESS
Amen Corner, LONDON E. C. 4

UNITED STATES of AMERICA
COLUMBIA UNIVERSITY PRESS
Columbia University, NEW-YORK

1922

Prix: 3 fr.

Publications de la Faculté des Lettres de l'Université de Strasbourg.

DIRECTION et ÉDITION :
COMMISSION DES PUBLICATIONS DE LA FAÇULTÉ DES LETTRES
PALAIS DE L'UNIVERSITÉ
STRASBOURG

ADMINISTRATION et VENTE :
LIBRAIRIE ISTRA, Maison d'édition
STRASBOURG, 15, rue des Juifs
PARIS, 57, rue Richelieu

EN DÉPÔT :
ANGLETERRE ET EMPIRE BRITANNIQUE
Oxford University Press
HUMPHREY MILFORD, Amen Corner, LONDRES E. C. 4

ÉTATS-UNIS D'AMÉRIQUE
Columbia University Press
Columbia University, NEW-YORK

La Faculté des Lettres de Strasbourg édite elle-même une Bibliothèque d'études dans laquelle ses différents enseignements se trouvent représentés et à laquelle collaborent ses nombreux maîtres, ainsi que les meilleurs de ses étudiants et des savants d'Alsace et de Lorraine.

Tous les volumes ont un même format in-8° raisin; ils sont numérotés par fascicules, mais se succèdent sans aucune périodicité; ils diffèrent d'étendue et de prix; chacun d'eux, formant un tout complet, est mis en vente séparément.

Néanmoins il est possible de souscrire d'avance soit à l'ensemble de la collection, soit à une catégorie de fascicules dont la détermina-

MEMBRES FONDATEURS

DES PUBLICATIONS
DE LA FACULTÉ DES LETTRES DE STRASBOURG

PREMIÈRE LISTE

arrêtée à la date du 15 mars 1922

ALEXANDRE MILLERAND, Président de la République 1.000 fr.
RAYMOND POINCARÉ, Sénateur, ancien Président de la République . . . . 1.000 fr.
GABRIEL ALAPETITE, Commissaire Général de la République à Strasbourg . . . . 1.000 fr.
PAUL TIRARD, Haut Commissaire de la République dans les Provinces du Rhin . . . . 1.000 fr.
Maréchal PÉTAIN, Vice-Président du Conseil Supérieur de la Guerre. . . . . 1.000 fr.
Maréchal LYAUTEY, Résident Général au Maroc . . . 1.000 fr.
Général GOURAUD, Haut Commissaire de la République en Syrie et au Liban . . . . 1.000 fr.

Conseil Général du Bas-Rhin. . . . . 2.000 fr.
Conseil Municipal de la Ville de Strasbourg. . . . . . 2.000 fr.
Société des Amis de l'Université de Strasbourg . . . . 2.000 fr.
Conseil de l'Université de Paris. . . . . 1.000 fr.

Anonyme (Paris) . . . . 6.000 fr.
ANSELME LAUGEL, Président de la Ligue de l'Alsace Française . . . . 5.000 fr.

Société Générale Alsacienne de Banque	5.000 fr.
Banque de Strasbourg STÆHLING & Cie	5.000 fr.
Banque de Mulhouse	5.000 fr.
Comptoir d'Escompte de Mulhouse	5.000 fr.
Banque d'Alsace et de Lorraine	5.000 fr.
Banque de France	2.500 fr.
Banque du Rhin	1.000 fr.

Association minière d'Alsace et de Lorraine	5.000 fr.
Société Alsacienne de Constructions Mécaniques	2.000 fr.
Grands Moulins de Strasbourg	2.000 fr.

Caisse d'Epargne de Strasbourg	1.000 fr.
Compagnie d'Assurances Rhin & Moselle	1.000 fr.
Fabrique de Cigarettes JOB, Strasbourg-Neudorf	1.000 fr.
Société d'Electricité de Strasbourg	1.000 fr.
Société du Gaz de Strasbourg	1.000 fr.
Société Lorraine Minière et Métallurgique	1.000 fr.

CHARLES ANDRÉ, Industriel, Massevaux	1.000 fr.
Madame G. BLUMENTHAL, Paris	1.000 fr.
MAURICE BARRÈS, de l'Académie Française.	1.000 fr.
F. J. BURRUS, Manufacture de Tabacs, Ste-Croix-aux-Mines	1.000 fr.
JULIEN DAMOY, Paris.	1.000 fr.
J. de GOEIJEN, Arnhem, Hollande	1.000 fr.
FRITZ KIEFFER, Directeur de l'Imprimerie Alsacienne, à Strasbourg	1.000 fr.
EMILE KUHFF, Agent Général de la Compagnie « La Nationale » de Paris	1.000 fr.
Comte JEAN DE LEUSSE, Député	1.000 fr.
MELLON, Industriel, Niederbronn-les-Bains	1.000 fr.
JULIEN MONOD, Société Financière d'Orient, Paris . .	1.000 fr.
Madame NORTH-SIEGFRIED, Présidente de l'Association des Dames Françaises, Strasbourg	1.000 fr.
CHRISTIAN PFISTER, de l'Institut, Doyen de la Faculté des Lettres.	1.000 fr.
G. RABOISSON, Propriétaire, Mouy (Oise)	1.000 fr.
SALOMON REINACH, de l'Institut, Boulogne-sur-Seine .	1.000 fr.
EUGÈNE RUEDOLF, Directeur de Banque, Strasbourg .	1.000 fr.
JULES SCHEURER, Sénateur, Paris.	1.000 fr.

AUTRES DONATEURS

L. ARMBRUSTER, Président de l'Union Amicale d'Alsace-Lorraine.
WALTER BERRY, Chambre Américaine de Commerce en France.
Brasserie du Pêcheur, Strasbourg-Schiltigheim.
Caisse d'épargne de Sarreguemines.
Chambre de Commerce de Strasbourg.
FREDY CHATEL, Strasbourg.
Conseil Général du Haut-Rhin.
Mlle JEANNE DÉROULÈDE, au nom de PAUL DÉROULÈDE.
DOLLFUS-MIEG & Cie, Mulhouse.
G. FREY, Mulhouse.
Madame JACQUES GOMPEL, Paris.
ADOLPHE KREISS, Ingénieur Civil, Paris.
PAUL LEDERLIN, Sénateur.
HENRY LEVY, Adjoint de la Ville de Strasbourg.
Municipalité de Mulhouse.
Nouvelle Manufacture de Draps de Bischwiller.
PAUL PETERS, Val-Mont, Suisse.
DE ROTSCHILD, Frères, Paris.
JACQUES SCHLUMBERGER, Industriel, Guebwiller.
Société Alsacienne de Filature et de Tissage de Jute à Bischwiller.
Société anonyme des Hauts Fourneaux de Pont-à-Mousson.
Société des Usines QUIRI, Schiltigheim.

NEGOTIUM PERAMBULANS

IN TENEBRIS

DU MÊME AUTEUR

Les Fouilles de Delphes, t. V, 4°, Paris, Fontemoing, 1905-1908.

La Peinture religieuse en Italie jusqu'à la fin du XIVe siècle, 1 broch. 8°, Nancy, Imprimerie de l'Est, 1905.

La Galerie Campana et les Musées français (en collaboration avec M. René Jean), 1 vol. 8°, Bordeaux, Féret, 1907.

L'Art symbolique du Moyen Age (Conférence donnée à Mulhouse, à propos des verrières de l'église Saint-Étienne), 1 broch. 8°, Leipzig, Carl Beck, 1907.

Étude sur le Speculum humanae salvationis, 1 vol. 8°, Paris, Champion, 1908.

Speculum humanae salvationis (en collaboration avec feu Jules Lutz), 2 vol. f°, Mulhouse, Meininger, 1907-1909.

La Vierge de Miséricorde, étude d'un thème iconographique, 1 vol. 8°, Paris, Fontemoing, 1908.

Cultes et Mythes du Pangée, 1 vol. 8°, Nancy, Berger-Levrault, 1910.

Bronzes grecs d'Égypte de la collection Fouquet, 1 vol. 4°, Paris, Bibliothèque d'art et d'archéologie, 1911.

Antiquités grecques de la collection du vicomte du Dresnay, 1 vol. f°, Le Dréneuc, 1918.

Les Graffites grecs du Memnonion d'Abydos (en collaboration avec M. Gustave Lefebvre), 1 vol. 4°, Nancy, Berger-Levrault, 1919.

Les Terres cuites grecques d'Égypte de la collection Fouquet, 2 vol. 4°, Nancy, Berger-Levrault, 1921.

Cet ouvrage est sorti des presses de BERGER-LEVRAULT, à NANCY, *le 1er mars 1922.*
Il a été tiré à 1.000 exemplaires.

PUBLICATIONS DE LA FACULTÉ DES LETTRES
DE L'UNIVERSITÉ DE STRASBOURG

Fascicule 6.

Paul PERDRIZET
Professeur à la Faculté des Lettres
de l'Université de Strasbourg

NEGOTIUM PERAMBULANS IN TENEBRIS

ÉTUDES DE DÉMONOLOGIE GRÉCO-ORIENTALE

EN DÉPÔT :

LIBRAIRIE ISTRA, Maison d'Édition
Strasbourg, 15, rue des Juifs — Paris, 57, rue Richelieu

BRITISH ISLES, BRITISH EMPIRE
Oxford University Press
Amen Corner, London E. C. 4

UNITED STATES of AMERICA
Columbia University Press
Columbia University, New-York

1922.

NEGOTIUM PERAMBULANS IN TENEBRIS

I. Le type de Salomon à cheval, transperçant la diablesse. — II. Θεὸς Ἥρων. — III. Les Saints cavaliers de l'Égypte chrétienne. — IV. Saint Sisinnios transperçant la diablesse Alabasdria. — V. Saint Sisinnios et la diablesse Gyllou. — VI. Les noms de Gyllou. — VII. De quelques représentations du mauvais œil attaqué par les bêtes. — VIII. Rôle de la chouette dans ces représentations. — IX. Rôle du φάλλος. — X. σφραγὶς Σολομῶνος. — XI. πεντάλφα, ὑγίεια.

I

M. Daressy a publié, il y a seize ans, un objet singulier (fig. 1) ramassé par lui à Karnak, sur un tas de décombres. « C'est, dit-il, une petite plaque de grès vaguement carrée, mesurant 80 mm de large, 75 mm de haut, 34 mm d'épaisseur. Sur la face supérieure est figuré un cavalier se dirigeant vers la droite. Les traits sont gravés et rehaussés de rouge. Le cheval est représenté au galop. Sur le sol est étendu un ennemi; aucun détail de costume n'est marqué et ne permet de reconnaître la nationalité du vaincu. Tout le dessin du reste est des plus sommaires et sans aucune prétention artistique : un scribe désœuvré se sera amusé à graver tant bien que mal, en guise de passe-temps, un groupe dans le goût de ceux dont il avait de nombreux exemplaires sous les yeux. Le choix du motif me semble devoir faire attribuer le monument à l'époque guerrière de l'Égypte (XIXe ou XXe dynastie).

Fig 1.

Or, les figurations de cavaliers égyptiens sont rares à cette époque, et c'est ce qui m'a engagé, malgré son imperfection, à signaler cette petite pièce (1). »

Si « les figurations de cavaliers égyptiens sont rares », le « scribe désœuvré » de M. Daressy ne pouvait « avoir sous les yeux de nombreux exemplaires » du groupe en question. Aussi bien, une pareille représentation serait, dans l'art égyptien, un *unicum*. Les Pharaons n'avaient pas de cavalerie, ils n'avaient que de la charrerie; l'art les montre combattant non pas à cheval, mais sur leur char de guerre. Les seules images équestres de la période pharaonique représentent une déesse syrienne (2). Il faut descendre jusqu'au temps des Ptolémées pour trouver un exemple d'un souverain d'Égypte figuré à cheval, et chargeant, bois couché; mais, comme je l'ai expliqué ailleurs (3), cette représentation est un amalgame d'éléments macédoniens et égyptiens : elle montre le souverain coiffé, comme un Pharaon, de la double couronne; mais, s'il charge à cheval, sarisse baissée, comme Alexandre sur la mosaïque de Pompéi, c'est qu'il est Macédonien.

Il me paraît hors de doute que la petite plaque publiée par M. Daressy, loin de dater du temps des Thoutmès ou des Ramsès, est moins ancienne d'environ... disons deux millénaires. On y reconnaîtra une image prophylactique chrétienne, la représentation d'un Saint cavalier transperçant une diablesse. Cette plaque est trop petite pour avoir été, comme le marbre Bedford et comme d'autres reliefs curieux publiés par Otto Jahn (4), encastrée dans un mur de maison, au-dessus de l'entrée. De toute façon, elle devait protéger des démons, des maléfices, et, donc, des maladies, quelque famille chrétienne, quelque moine de la Thébaïde. La représentation qu'on y voit gravée s'était déjà rencontrée sur de nombreux talismans chrétiens de la même époque.

Les légendes qu'on déchiffre sur ces talismans les appellent d'ordinaire σφραγὶς Σολομῶνος (5), parfois σφραγὶς Θεοῦ (6). Je tâcherai plus loin d'expliquer cette deuxième dénomination. Quant à la re-

(1) *Annales du Service des Antiquités de l'Égypte*, 1905, p. 97.

(2) ERMAN, *Die ägyptische Religion*, fig. 61; *Rev. archéol.*, 1919, I, p. 262.

(3) *BCH*, 1911, pl. II, p. 123: d'où MASPERO, *Guide du Musée du Caire*, 2e édit. (1912), p. 221, et *Égypte* (coll. *Ars una*), p. 267.

(4) *Böse Blick*, pl. III, 1, p. 30 (d'où *Dict. des Antiq.*, fig. 2887), p. 77 et 78.

(5) Σφραγὶς Σολομῶνος, dans *Rev. ét. gr.*, 1903, p. 42-61.

(6) *Rev. ét. gr.*, 1903, p. 50; *Échos d'Orient*, 1909, p. 137.

présentation étrange que ces légendes accompagnent, et qui nous montre Salomon nimbé, à cheval, transperçant du bout inférieur d'une longue hampe crossée une femme étendue par terre, la chevelure dénouée, nous rappellerons d'abord que, selon le Talmud (1), Salomon aurait eu les démons en son pouvoir aussi longtemps qu'il fut agréable à l'Éternel; mais quand, devenu vieux, il se laissa induire par ses femmes au culte des faux dieux (2), il perdit toute autorité sur les esprits de ténèbres. La croyance au pouvoir de Salomon sur les démons a passé des Juifs aux Chrétiens d'Orient et aux Arabes (3).

Quant à l'idée de représenter à cheval ce grand magicien, elle a son origine lointaine dans ce que le second livre des *Chroniques* dit de l'armée de Salomon : « Il réunit des chars de guerre et de la cavalerie. Il eut 1.400 chars et 12.000 cavaliers. Il les avait cantonnés partie à Jérusalem, auprès de lui, partie dans les localités où étaient ses chars (I, 14). » Le même livre dit encore (I, 16) : « C'est de l'Égypte qu'il tirait ses chevaux; des caravanes allaient les lui chercher, moyennant un prix fixé d'avance : il lui en coûtait 600 sicles d'argent pour importer un char d'Égypte, et 150 pour un cheval. »

Mais ces textes scripturaires ne suffisent pas à expliquer la représentation dont il s'agit. Salomon cavalier a sa place, si je puis dire, dans un gros escadron de dieux et de saints qu'on est vraiment surpris, d'abord, de voir à cheval. Je voudrais déterminer les raisons générales pour lesquelles ces dieux et ces saints, qui n'ont pas commencé par être des cavaliers, le sont devenus.

II

Le type du Saint cavalier transperçant une diablesse ou un serpent est, dans l'imagerie copte, au moins aussi fréquent que le type du Saint accomplissant à pied le même exploit. Selon les cas et les besoins, les

(1) BLAU, *Das altjüdische Zauberwesen* (Strasbourg, 1898), p. 12.

(2) I *Rois*, XI.

(3) Cf., pour les références, *Rev. ét. gr.*, 1903, p. 42, et mon *Étude sur le Speculum humanae salvationis*, p. 100. Le texte le plus curieux paraît bien être le pseudépigraphe grec d'inspiration juive, intitulé Διαθήκη Σολομῶνος, sur lequel je reviendrai plus loin. Voir aussi l'Ἐξορκισμός Σολομῶνος, ὃν ἔδωκεν αὐτῷ ὁ Θεός ὑποτάξας τὰ ἀκάθαρτα πνεύματα 19.999 δαιμόνια, dans FABRICIUS, *Codex pseudep. Vet. Test.*, I, 1032; YRIARTE, *Cod. Matrit. gr.*, p. 423; VASSILIEV, *Anecdota graeco-byzantina* (Moscou, 1893), p. 332; REITZENSTEIN, *Poimandres*, p. 285; PRADEL, *Griech. u. südital. Gebete* (*Religionsgesch. Versuche*, III, 2), p. 61. Je n'ai pas lu l'article de SINGER, dans *Zeitsch. f. deut. Alterthum*, cité par DELEHAYE, *Légendes hagiographiques*, 2e édit., p. 33.

chrétiens d'Égypte reconnaissaient dans le Saint cavalier vainqueur de la diablesse, soit le saint roi Salomon, soit l'un des saints de la Nouvelle Alliance. Je crois que ce type est un emprunt de l'imagerie copte à l'imagerie gréco-égyptienne, laquelle avait pris aux cultes

Fig. 2.

étrangers d'une part, à l'armée ptolémaïque et à l'armée impériale de l'autre l'idée de représenter certains dieux en cavaliers.

Pendant la période gréco-romaine, l'Égypte fut ouverte largement à toutes sortes d'influences étrangères. Syriens, Micrasiates et Thraces y introduisirent leurs divinités. Or, beaucoup de ces divinités allaient à cheval (1). C'est à cette époque qu'apparaît en Égypte cet énigmatique Θεὸς Ἥρων, dont Lefebvre vient de publier de si curieuses représentations (2). Celle que je reproduis ci-dessus (fig. 2) est une stèle datée

(1) Pour la Syrie, cf. HEUZEY, dans *C. R. de l'Acad. des Inscr.*, 1902, p. 130; RONZEVALLE, *Id.*, 1905, p. 8; DUSSAUD, *Notes de mythologie syrienne*, p. 53. Pour l'Asie Mineure, *BCH*, 1896, p. 105. Pour la Thrace, mes *Cultes et Mythes du Pangée*, p. 21.

(2) *Annales du Service*, t. XX, p. 209-249, pl. I-II; XXI, p. 163.

du 19 Thot de la quinzième année du règne de Ptolémée XIII, c'est-à-dire du 28 septembre 67 avant Jésus-Christ. Elle montre « Héron, le Dieu très grand », Ἥρων Θεὸς μεγὰς μεγάς, à cheval, passant, cuirassé, donnant à boire dans une patère à un grand serpent. Type qui n'a rien d'égyptien, mais qui diffère de ceux des dieux ou héros cavaliers des stèles votives ou funéraires de la Thrace, les dieux et les héros cavaliers de la Thrace n'étant jamais figurés cuirassés ni donnant à boire à un serpent. Le fait que Héron soit représenté donnant à boire à un serpent paraît bien indiquer une divinité funéraire, un dieu des morts (ἥρωες) : on se rappelle, sur la stèle de Chrysapha (1), le grand serpent qui semble s'allonger pour boire dans le canthare du ἥρως. Au reste, le nom même de Ἥρων semble une autre forme de ἥρως. Il paraît sûr, d'autre part, que l'appellation Ἥρων n'était qu'un surnom. Quel était donc le nom du dieu ainsi surnommé? Serait-ce Alexandre le Grand, le fondateur et l'éponyme de la capitale de l'Égypte gréco-romaine, le roi-dieu dont le ἡρῷον était l'un des sanctuaires les plus vénérés d'Alexandrie (2)? Mais aucune des inscriptions concernant le Θεὸς Ἥρων ne le met en rapport avec le Θεὸς Ἀλέξανδρος, aucune des représentations de Ἥρων ne lui donne l'égide qui, en Égypte, semble avoir été la caractéristique d'Alexandre divinisé (3). Je croirais plutôt que Ἥρων est une forme hellénisée du nom d'Horus, les Macédoniens établis en Égypte auraient donné à Horus le nom de leur dieu Ἥρων (4). Une terre cuite de la collection Fouquet, qui représente Horus à tête de faucon, avec la cuirasse — donc l'Horus des soldats — porte au dos l'inscription Ἥρων, en qui je me suis peut-être trop hâté de voir le nom du coroplathe, ou du donateur (5). Une inscription donne à Horus le nom de Σούβαττος, qui serait la transcription grecque de l'égypt. *sbd*, épithète d'Horus comme protecteur de la marche orientale du Delta (6), justement la partie de l'Égypte où se trouvait la ville de Héron, Héropolis, appelée quelquefois Héroonpolis. Sur les fresques de Théadelphie et sur les monnaies de Diospolis la Grande — qui est aujourd'hui Karnak,

(1) COLLIGNON, *Sculpt. grecque*, I, fig. 111.

(2) LUMBROSO, *L'Egitto al tempo dei Greci e dei Romani*, chap. XVIII.

(3) PERDRIZET, *Alexandre à l'égide* (*Monum. Piot*, 1913).

(4) Cf. par exemple la dédicace de Pythion (HEUZEY, *Le mont Olympe*, p. 470; mieux *IG*, VIII, 2, 1286) : Ἀγάθων Ἥρωνι εὐχήν, au-dessous du Cavalier en relief.

(5) *Terres cuites grecques d'Égypte*, n° 110, p. 36, pl. LI.

(6) DARESSY, *Annales du Service*, XX, p. 247.

et qui, au temps d'Auguste, dans la langue des mercenaires étrangers, se serait appelée aussi Héroonpolis (1) — la tête de Héron est entourée d'un nimbe, ou radiée : Héron était donc un dieu solaire. Or, les Grecs reconnaissaient en Horus leur Apollon (2); d'autre part, les Égypto-grecs adoraient un Ἥλιος ἐφ' ἵππῳ (3) qui paraît le même que Ἥρων.

Fig. 3.

Mais, dira-t-on, Ἥρων est cuirassé, tandis que Ἥλιος ne l'est pas. Erreur! Héron ne porte pas toujours la cuirasse, à preuve les monnaies où M. Daressy l'a reconnu (4); à preuve encore le petit monument (5) reproduit ci-dessus (fig. 3). La cuirasse était endossée par Héron quand ses adorateurs étaient des soldats. La même chose s'est passée dans l'Égypte gréco-romaine pour nombre d'autres divinités (6).

L'armée ptolémaïque d'abord, et plus tard l'armée impériale offrait aux Égyptiens le spectacle impressionnant d'escadrons de lanciers et de cuirassiers, de sarissophores et de clinabares (7). Ainsi s'explique que, dans ce pays où si longtemps il n'y avait pas eu de divinités équestres et où les chevaux avaient été une rareté réservée au char du Pharaon, l'on voie à l'époque impériale Harpocrate (8) et Antinoüs (9) figu-

Fig. 4.

(1) C'est ainsi que M. Daressy explique la mention d'Héroonpolis dans Strabon, XVI, 1, § 53; cf. *Annales du Service*, XXI, p. 13.

(2) Perdrizet, *Terres cuites grecques d'Égypte de la coll. Fouquet*, p. 27.

(3) *Id.*, p. 104; cf. Fränkel, *Inschr. v. Pergamon*, n° 336; *Syll.*, 2e éd., n° 754.

(4) *Annales du Service*, XXI, p. 7.

(5) Plaque de plomb, 36 mm de côté, trouvée près d'Alexandrie, conservée au musée de cette ville; cf. *Annales du Service*, XX, p. 241. Inédite. Sincères remerciements à MM. Lefebvre et Breccia, auxquels j'en dois la photographie.

(6) *Terres cuites d'Égypte*, p. 35; *Annales du Service*, t. XX, p. 246.

(7) Pour la période ptolémaïque, cf. les *Syracusaines* de Théocrite, v. 51-56, et Lesquier, *Institutions militaires de l'Égypte sous les Lagides*, p. 12 et 17. Pour le Haut-Empire, Lesquier, *L'armée romaine d'Égypte, d'Auguste à Dioclétien*, p. 72 et 111. Pour le Bas-Empire, Jean Maspero, *Organisation militaire de l'Égypte byzantine*, p. 58.

(8) *Terres cuites grecques d'Égypte*, pl. XXVIII, nos 113-114.

(9) Poole, *Coins of Alexandria*, pl. V, n° 925; *Aeg. Zeitsch*, 1905, p. 77.

rés en cavaliers, et Horus combattant le crocodile à cheval, en uniforme de cavalier romain (1). Une terre cuite d'époque gréco-romaine, trouvée à Sa-el-Hagar, sur l'emplacement de Saïs, et conservée dans la collection Fouquet (2), représente un cavalier au galop, faisant fouler aux sabots de son cheval un ennemi tombé (fig. 4); s'agit-il d'une scène de bataille ordinaire? ou n'est-ce pas plutôt une représentation mythologique, analogue (non pas semblable) à celle, si fréquente en Gaule rhénane, du Cavalier et de l'Anguipède (3)?

III

Descendons le cours du temps. Le christianisme emprunte au paganisme, en Égypte, le type, si populaire au pays du Nil, du Dieu ou du Héros cavalier, passant ou perçant de sa lance un homme ou un monstre. Les images équestres sont légion dans l'imagerie religieuse de l'Égypte chrétienne : non seulement les saints militaires, Théodore ou George, mais les confesseurs, les martyrs et le Christ même ont été représentés en cavaliers par les Coptes (4).

Quittons l'Égypte, suivons dans leur voyage de retour les chrétiens d'Occident qui étaient venus en pèlerinage aux ermitages de la Thébaïde, aux couvents de Tébenne et d'Aboukir, accompagnons à Rome les moines égyptiens : nous voyons, à la faveur de ces rapports multipliés entre l'Égypte, terre natale du monachisme, et l'Occident, se propager à Rome, en Italie, en Afrique, en Gaule, entre autres inventions du christianisme égyptien (5), le type du Saint cavalier (6).

Mais c'est en Orient que ce type a eu sa plus grande vogue. Encore à la fin du XVIIIe siècle, un manuscrit syriaque du « Livre de préservation », *Kitaba denoutari* — c'est un recueil de prières, d'exorcismes et d'incantations — est illustré de miniatures effroyables qui montrent,

(1) *Rev. arch.*, 1876, II, p. 196 et 372, pl. XVIII et 1877, I, p. 23.

(2) Terre rougeâtre. H. 0^m 117. Un exemplaire identique a été publié par Valdemar SCHMIDT, *De Graesk-Aegyptiske Terrakotter i ny Carlsberg Glyptothek* (Copenhague, 1911, pl. XXIV, p. 56).

(3) JULLIAN, *Hist. de la Gaule*, VI, p. 95.

(4) STRZYGOWSKI, *Die koptische Reiterheilige und der h. Georg*, dans *Aeg. Zeitsch.*, XL, p. 49; le même, dans *Bull. soc. arch. Alexandrie*, V, p. 21; DELEHAYE, *Lég. hagiog.*, 2e éd., p. 240 et *Lég. grecques des Saints militaires*, p. 5; PAGENSTECHER, ap. *Archiv f. Relig.*, 1919, p. 425.

(5) Pour d'autres emprunts de l'art chrétien d'Occident à l'imagerie copte, cf. MÂLE, ap. *Comptes-rendus du Congrès d'archéologie du Caire*, 1909, p. 270.

(6) Voir par ex. *Anzeiger f. elsäss Altertumsk.*, I, p 16, fig. 38 et 39 (FORRER).

tous mêmement à cheval, saint George perçant le dragon, Mâr Zaï'a Choutrana perçant le démon de la peste, Mâr Gabriel perçant la diablesse du mauvais œil, Mâr Hourmizd perçant le chien enragé, et finalement le grand roi magicien Salomon (fig. 5) perçant Asmodée, prince des démons (1).

Il faut remonter à la période archaïque grecque pour voir attribuer tant d'importance au fait d'aller monté. Les cavaliers (ἱππῆς) avaient été les seigneurs de la Grèce archaïque (2). Au Bas-Empire, quand d'un bout à l'autre de l'*orbis romanus* se constitue la féodalité, l'éminente dignité de l'homme à cheval reparaît. C'est sans doute une des

Fig. 5.

raisons pourquoi en Égypte, l'art chrétien a représenté comme des cavaliers nombre de ces puissants seigneurs que sont les Saints.

Le cheval signifie non seulement la richesse et la puissance du sire qui le monte, mais la rapidité avec laquelle le seigneur peut voler au secours de qui l'implore. Pour insister sur cette idée de protection, l'imagerie de l'Égypte chrétienne faisait percer par la lance des Saints cavaliers la diablesse ou le dragon. Ce type n'est pas seulement celui des talismans dont je parlais tantôt; on le trouve sur nombre d'autres monuments coptes (3). Voici par exemple un petit

(1) *Rev. hist. rel.*, 1908, II, p. 9 (Macler).

(2) Bechtel, *Das Wort* ΙΠΠΟΣ *in den eretrischen Personennamen*, dans *Hermes*, 1900, p. 326.

(3) Strzygowski, *Koptische Kunst*, p. 303, fig. 346. La plaque avec représentation d'un Saint à cheval, transperçant un serpent (*Bull. du Comité*, 1909. p. 149, d'où *Arch. Anzeiger*, 1910, p. 269) semble d'origine copte.

triptyque du musée du Caire (1) : sur la face externe d'un des volets, sont peints deux saints, à cheval et chargeant, plongeant leur lance, l'un dans la gueule d'un serpent, l'autre dans la bouche d'une diablesse tombée à terre (c'est bien d'un être féminin qu'il s'agit, le visage est émaillé de blanc). Mais le type ne se rencontre pas seulement sur de petits monuments, sur des objets portatifs : l'exemple le plus significatif et le plus instructif que j'en connaisse est une peinture de grandes dimensions, la fresque de Baouît, qui représente saint Sisinnios à cheval, transperçant de sa lance la diablesse Alabasdria. En raison de son importance et de son intérêt, cette page étrange de l'imagerie copte nous arrêtera quelque temps.

IV

Dans l'hiver 1901-1902, M. Jean Clédat (2) exhumait à Baouît, près d'Achmounéîn (*Hermopolis magna*) en Haute-Égypte, les ruines d'un grand couvent bâti par un abbé du nom d'Apollon, † vers 400 (3). Le principal intérêt de cette fouille réside dans les peintures à fresque qui décoraient les nombreuses chapelles du monastère. Ces fresques, bien entendu, n'ont pas été retrouvées intactes. Mais telles qu'elles nous ont été rendues, nous y rencontrons les deux types spécialement égyptiens dont nous venons de parler, celui du Saint cavalier perçant de sa lance la diablesse, et celui du Saint cavalier passant. Ce type-ci est représenté dans les fresques de Baouît par de nombreux spécimens (4). De l'autre, elles n'offrent qu'un exemplaire (5), celui qui montre, comme je le disais tantôt, la diablesse Alabasdria vaincue par le cavalier Sisinnios (copte Sousinnios, éthiop. Sousnyos, Sosenios), un Saint dont les Bollandistes n'ont encore rien dit, sa commémoration tombant le 23 novembre (6).

Lorsque fut exécutée l'aquarelle reproduite ci-après (fig. 6), la partie supérieure de la fresque s'était détachée et avait péri irrémédiablement, en sorte que du nom de Sisinnios il ne reste plus que

(1) *Koptische Kunst*, p. 116, pl. VI.
(2) *Le Monastère et la Nécropole de Baouît* (*Mém. de l'Inst. fr. d'arch. or.*, t. XII).
(3) Crum, *Der hl. Apollo und das Kloster von Baouît* (*Aeg. Zeit.*, 1902).
(4) Clédat, *op. l.*, pl. XXXIX, p. 75 (s. Victor et trois autres saints dont les noms manquent), pl. LIII et LIV, p. 80 (s. Phoebammon), pl. LXXXIX, p. 136 (quatre saints dont les noms ont disparu).
(5) *Id.*, pl. LV-LVI.
(6) Didron, *Manuel d'icon. chr.*, p. 389.

les deux dernières lettres, comme je m'en suis assuré au Musée du Caire, où les fresques de Baouît ont été transportées ; mais le nom entier avait été lu au moment de la découverte par M. Clédat, et il n'y a aucune raison de douter de cette lecture.

On mentionne le martyre, à Antinoé, sous Dioclétien, d'un saint

Fig. 6.

Sisinnios (1). En raison de la proximité de Baouît et d'Antinoé, devrons-nous identifier le martyre d'Antinoé et le Saint de la fresque de Baouît? Mais, outre qu'il semble y avoir eu en Égypte plusieurs martyrs du nom de Sisinnios (2), il faut attacher une grande importance au fait que le Saint de la fresque Clédat est représenté en costume parthe, tunique blanche à médaillons brodés (3), pantalon blanc. Ainsi, pour le moine qui peignit cette fresque, saint Sisinnios était un Parthe. En effet, le nom de Sisinnios est parthe (4). Le premier saint

(1) *Dict. of. Christian Biography*, IV, p. 704.

(2) *Acta S S*, juillet, IV, p. 587; HYVERNAT, *Les Actes des Martyrs de l'Égypte*, p. 99.

(3) Cf. les médaillons brodés sur la tunique de l'Hippolyte de la mosaïque de Cheikh Zouède, *Annales du Service*, XV, pl. III.

(4) JUSTI, *Iranische Namen*, s. v. Sisinnios, Sisinès, Sisinnakios, Sisis. Quant à Sisoès, que JUSTI rapproche à tort des précédents, c'est un nom égyptien, dérivé de σισόη, « postiche », (Karl Fr. W. SCHMIDT, dans *Gött. Gel. Anzeigen*, 1918, p. 113).

Sisinnios naquit donc en Parthie; après lui et en mémoire de lui, son nom fut donné dans tout l'Orient, notamment en Égypte, à beaucoup de chrétiens, dont plusieurs à leur tour devinrent des saints.

Sisinnios le Parthe, dont les chrétiens d'Orient ont fait un saint, en serait sans doute bien surpris, s'il revenait dans cette vallée de larmes. La critique moderne a des raisons de croire que le personnage fut en réalité manichéen, et même successeur direct de Manès, l'héritier de sa doctrine et de son autorité. Les apologistes chrétiens ont arrangé tout cela : ils racontaient que Sisinnios, dégoûté de son maître, avait fourni à Archélaos des renseignements confidentiels qui permirent à celui-ci de confondre Manès en colloque public (1). Ainsi, par sa trahison, Sisinnios aurait mérité la sanctification. Il avait contribué à détruire la peste diabolique de Manès. C'est pourquoi il devint, dans tout l'Orient (2), un si puissant protecteur contre le diable et ses maléfices, et, partant, contre les maladies. Il l'est resté jusqu'à nos jours, comme l'ont montré Wessilowsky (3) pour le folklore russe et Basset (4) pour les folklores bulgare, roumain et abyssin. Dans un des manuscrits éthiopiens de la légende de saint Sousnyos (tous ces manuscrits semblent assez récents), « on voit une image représentant le Saint à cheval, enfonçant sa lance dans le flanc droit de la diablesse Ouerzelyâ étendue sur le sol (5). » La fresque de Baouît et la médaille talismanique reproduite ci-après (fig. 7) prouvent que la croyance à la puissance prophylactique de saint Sisinnios remonte à une époque ancienne.

Il subsiste un certain nombre de textes grecs médiévaux à destination prophylactique, où saint Sisinnios apparaît comme un doublet de l'archange Michel : de même que celui-ci triomphe de l'*antiquus serpens*, de même celui-là vient à bout d'une affreuse diablesse; elle portait plusieurs noms, le Saint lui en arrache le secret, et ainsi la rend inoffensive pour tous ceux qui les sauront. Voici le texte et la traduction de la plus curieuse de ces *Prières* (Εὐχαὶ) ou *Légendes*

(1) BASSET, *Apocryphes éthiopiens*, IV, p. 17; HARNACK, *Acta Archelai* (*Texte und Untersuchungen*, I, p. 3).

(2) Amulette éthiopienne de s. Sisinnios : *Journ. asiat.*, 1907, I, p. 346 (HALÉVY). Le *Guide de la peinture* (DIDRON, *Manuel*, p. 323) n'a garde d'oublier ce saint personnage.

(3) *Journal* (russe) *du ministère de l'I. P.*, juin 1886, savant article dont je dois la traduction à M. Théophile PERDRIZET.

(4) *Apocryphes éthiopiens*, IV, p. 14. Cf. PEETERS, ap. *Anal. Bolland.*, XXVII, p. 69.

(5) BASSET, *op. l.*, p. 40.

(Legenda) *de Saint Sisinnios.* Elle achèvera de nous persuader de l'origine parthe de ce personnage : ses frères y portent des noms dérivés de la même racine iranienne que le sien, et sa sœur, le nom de Mélitène, lequel est proprement celui d'une ville du haut Euphrate (1), près de laquelle il y avait justement une localité dénommée Sinès (2).

V

Ἀποστροφὴ τῆς μιαρᾶς καὶ ἀκαθάρτου Γυλλοῦς

Ἐπὶ τῆς βασιλείας Τραϊανοῦ τοῦ βασιλέως ἦν τις γυνὴ ὀνόματι Μελετινή, ἥτις ἐγέννησεν παιδία ἕξ, καὶ συνέλαβεν αὐτὰ ἡ μιαρὰ καὶ ἀκάθαρτος Γυλλοῦ · καὶ πάλιν ἐν γαστρὶ συνέλαβεν ἡ Μελετινή, καὶ εἰσῆλθεν εἰς τὰ λεγόμενα Χαλκοπράτια, καὶ κτήσας πύργον ὑψηλόν, καὶ καθηλώσας αὐτὸν καὶ μολυβδώσας, καὶ λαβὼν ιβ΄ θεραπαίνιδας διῆγεν μετ' αὐτῶν καὶ ἐμβὰς ἐν αὐτῷ, ἔτεκεν ἐκεῖ τὸ παιδίον.

Ἐν μιᾷ οὖν τῶν ἡμερῶν ὁ ἅγιος Σισίνιος, Σίνης καὶ Σηνόδωρος κατῆλθον τοῦ ἐπισκέψασθαι τὴν ἀδελφὴν αὐτῶν, καὶ γινόμενοι πλησίον τοῦ πύργου ἔκραξαν αὐτὴν λέγοντες · ἄνοιξον ἡμῖν, ἀδελφὴ Μελετινή. Ἡ δὲ εἶπεν · παιδίον ἐγέννησα καὶ φοβοῦμαι ἀνοῖξαι.

Ἐπὶ πολὺ δὲ αὐτῶν ἱσταμένων καὶ τῶν ἵππων χαλινοκτυπούντων, κατῆλθε τοῦ ἀνοῖξαι αὐτῶν . Ἡ δὲ μιαρὰ Γυλλοῦ συνεισῆλθε σὺν τοῖς ἵπποις ὥσπερ μυῖα · καὶ περὶ μέσης τῆς νυκτὸς ἀπέκτεινε τὸ παιδίον. Ἡ δὲ Μελετινὴ ὠλόλυζεν πικρῶς, λέγουσα · ὦ Σισίνιε, Σίνη, καὶ συνοδία, οὐκ εἶπον ὑμῖν ὅτι παιδίον ἐγέννησα καὶ φοβοῦμαι ἀνοῖξαι; ἦλθεν ἡ μιαρὰ καὶ ἀπέκτεινεν αὐτό. Τότε οἱ ἅγιοι προσευχὴν ποιήσαντες πρὸς Θεόν, κατῆλθεν ἄγγελος ἐξ οὐρανοῦ καὶ εἶπεν αὐτοῖς · εἰσηκούσθη ἡ δέησις ὑμῶν πρὸς Θεόν · καταδιώξατε αὐτὴν εἰς τὰ μέρη τοῦ Διβάνου.

Τότε λέγουσιν πρὸς τὴν ἀδελφὴν αὐτῶν · μὴ λυποῦ, ἀδελφὴ Μελετινή, ἡμεῖς γὰρ ἐν ὀνόματι τοῦ Θεοῦ γενόμεθα ὡς κυνηγοί, καὶ κρατήσωμεν αὐτήν. Τότε καθίσαντες ἐπὶ τοῖς ἵπποις αὐτῶν, ἔτρεχον αὐτήν. Ἡ δὲ μιαρά, ἰδοῦσα τοὺς ἁγίους ὄπισθεν αὐτῆς, ἔδραμεν πρὸς τὴν θάλασσαν, καὶ ἔλασαν οἱ ἅγιοι τοὺς ἵππους αὐτῶν, καὶ ἔφθασαν αὐτήν. Καὶ ἀπέλαβεν αὐτὴν ὁ ἅγιος Σισίνιος ἐκ τοῦ πλευροῦ αὐτῆς, καὶ ἤρξατο βασανίζειν αὐτήν · ἐὰν μὴ μοῦ ὁμολογήσῃς ποῖον θεὸν σέβεις καὶ ποῦ τὴν δύναμιν ἔχεις, ἐκ τῶν χειρῶν ἡμῶν οὐκ ἀπόλυσαι, ἕως οὗ ἀποδώσεις ἡμῖν καὶ τὰ ζ΄ τέκνα Μελετινῆς ζῶντα,

(1) CHAPOT, *La frontière de l'Euphrate, de Pompée à la conquête arabe*, p. 349.
(2) PTOLÉMÉE, V, p. 7-5; cf. SUIDAS : Σίνις, ὄνομα πόλεως.

ὥσπερ ἔλαβες. Τότε ἡ μιαρὰ λέγει τοῦς ἁγίους · Ἅγιοι τοῦ Θεοῦ, ἀδύνατόν ἐστιν δοῦναι τὰ παιδία, ἐὰν μὴ πίω γάλα ἐκ τῶν μασθῶν Μελετινῆς. Καὶ στραφεὶς ὁ ἅγιος Σηνόδωρος πρὸς τὴν ἀδελφὴν αὐτῶν, ἀνήγγειλεν αὐτῇ τὸ γεγονός, καὶ ἔδωκεν γάλα τὸν ἅγιον. Καὶ ἐλθὼν αὐτὸς εἰς τὸν τόπον ὅπου ἐκράτησαν τὴν μιαράν, καὶ ποτίσαντες αὐτὴν τὸ γάλα, καὶ κατ' οἰκονομίᾳ Θεοῦ ἐξέρασεν τὰ παιδία ζῶντα. Τότε ἤρξαντο μαστίζειν αὐτήν · ἡ δὲ μιαρὰ λέγει τοὺς ἁγίους · Ἅγιοι τοῦ Θεοῦ, μὴ μὲ πολυβασανίσετε, καὶ ὀμνύω σας εἰς τὸν κύκλον τοῦ ἡλίου καὶ εἰς τὸ κέρας τῆς σελήνης, ὅτι ὅπου γράφεται τὸ ὄνομά σας καὶ ἀναγινώσκεται ἡ πολιτεία σας, καὶ τὰ ιβ' ἥμισυ ὀνόματά μου, οὐ μὴ τολμήσω προσεγγίσω ἐν τῷ οἴκῳ ἐκείνῳ, ἀλλὰ ἀπὸ τριῶν μιλίων φεύξομαι ἐκ τοῦ οἴκου ἐκείνου. Τότε λέγουσιν αὐτήν · Ἀνάγγειλον ἡμῖν τὰ δώδεκα ἥμισύ σου ὀνόματα. Τότε ἡ μιαρὰ πυρὶ φλεγομένη ἔλεγεν · Τὸ μὲν πρῶτόν μου ὄνομα καὶ ἐξαίρετον καλεῖται Γυλλου, τὸ δεύτερον Αμορφους, τὸ τρίτον Αβυζου, τὸ τέταρτον Καρχους, τὸ πέμπτον Βριανη, τὸ ἕκτον Βαρδελλους, τὸ ἕβδομον Αἰγυπτιανή, τὸ ὄγδοον Βαρνα, τὸ ἔννατον Χαρχανιστρέα, τὸ ί Ἀδικία, [τὸ ια'...], τὸ ιβ' Μυῖα, τὸ ἥμισον Πετομένη (1). Καὶ ἀκούσαντες ταῦτα τὰ ὀνόματα, οἱ ἅγιοι ἐθαύμασαν, καὶ ἀνέσπασαν τὸν δεξιὸν πλόκαμον τῆς κεφαλῆς αὐτῆς ποιήσαντες σχοινία τοῖς ἵπποις αὐτῶν, καὶ λαβόντες τὰ ἰδιόχειρα αὐτῆς ὀνόματα, καὶ τὰ παιδία ζῶντα ὥσπερ ἔλαβεν, καὶ ἀπόλυσαν αὐτήν. Καὶ εἰσελθόντες εἰς τὴν Πόλιν, πᾶσα ἡ πόλις ἐδόξαζεν τὸν Θεὸν τὸν ποιοῦντα θαυμάσια διὰ τῶν ἁγίων αὐτοῦ.

Ὁ ἔχων τὴν ἀποστροφὴν αὐτῆς οὐ μὴ ἀδικηθῇ.

« Au temps de Trajan, vivait une dame du nom de Mélitène. Six enfants lui naquirent, qui lui furent ravis par cette sale Gyllou (2). Étant devenue grosse une septième fois, Mélitène se fit bâtir, à Chalcopratia (3), un château fort; elle en cloua la porte et la scella avec des sceaux de plomb, et là, assistée de douze servantes, elle mit au monde l'enfant qu'elle portait. Et voici, ses trois frères, saint Sisinnios, Sinès et Sinodore vinrent la visiter. Arrivés devant le château, ils crièrent : « Mélitène, notre sœur, ouvre-nous! » Elle leur répondit : « Je viens d'avoir un enfant, j'ai peur d'ouvrir la porte. » Mais comme ils insistaient et

(1) Ms. Πετωμένη : l'ω est une faute d'orthographe, la forme rhomaïque serait Πετουμένη ou Πεταμένη.

(2) ἡ μιαρὰ καὶ ἀκάθαρτος Γυλλοῦ : cette *geminatio verborum* remonte à Platon, *Lois*, p. 716 D-E. Gyllou est μιαρὰ καὶ ἀκάθαρτος en raison des crimes et des péchés dont elle s'est souillée.

(3) Quartier de Constantinople, avec une église fameuse, où était conservée, entre autres reliques, la ceinture de la Vierge (Du Cange, *Constant. christ.*, IV; *CIG*, 8695).

que leurs chevaux piaffaient, elle descendit leur ouvrir. Et la sale Gyllou entra avec eux, collée aux chevaux, sous la forme d'une mouche. Et vers la minuit, Gyllou tua l'enfant. Alors Mélitène éclata en sanglots : « O Sisinnios, Sinès et compagnie (1), ne vous avais-je pas dit que j'avais mis au monde un enfant et que je craignais de vous ouvrir? Mais voici, l'impure est venue et a tué l'enfant. » Alors les saints adressèrent une prière à Dieu, et un ange descendit du ciel et leur dit : « Dieu a entendu votre prière : mettez-vous à la poursuite de Gyllou jusqu'au Liban. » « Cesse de gémir, dirent-ils alors à Mélitène, nous allons, Dieu voulant, partir en chasse et nous saisir de Gyllou. » Ils enfourchent leurs destriers et courent à la poursuite de l'impure. Elle, les voyant à ses trousses, se sauve vers la mer. Ils pressent leurs chevaux, et enfin la rattrapent. Et Sisinnios de la rouer de coups : « Si tu ne confesses pas quel dieu tu adores et de qui tu tiens ta puissance, et si tu ne nous rends pas vivants les sept enfants de Mélitène, nous ne te lâcherons pas ». « Saints de Dieu, répond l'impure, il m'est impossible de rendre les enfants si je ne bois pas du lait de Mélitène. » Sinodore revient donc chez sa sœur, lui raconte ce qui s'est passé; Mélitène lui donne de son lait; il retourne à l'endroit où l'impure était gardée, lui donne le lait, et, Dieu voulant, elle rend les enfants vivants. Et les Saints de la battre derechef : « Saints de Dieu, leur dit-elle, si vous cessez de me battre, je vous jure, sur le disque du soleil et sur le croissant de la lune, que de toute maison où seront écrits et vos noms et tous les miens (2), je n'oserai désormais approcher, et m'en tiendrai au moins à trois milles de distance ». « Dis-nous donc tes noms », lui répondirent-ils. « Mon premier et plus spécial nom est Gyllou, mon deuxième Amorphous, mon troisième Abyzou, mon quatrième Karchous, mon cinquième Briané, mon sixième Bardellous, mon septième Ægyptiané, mon huitième Barna, mon neuvième Charchanistréa, mon dixième Adikia, mon onzième (*manque*), mon douzième Myia, mon douzième et demi Pétoméné. » Les saints furent grandement surpris en entendant ces noms. Ils coupèrent la tresse droite de Gyllou et en firent des rênes pour leurs chevaux, puis, en possession des noms, et ayant repris les enfants de Mélitène tous bien vivants, ils relâchèrent Gyllou. Et quand ils firent leur entrée à Constantinople (3), toute

(1) ὦ Σισίνιε, Σίνη, καὶ συνοδία.
(2) τὰ ιβ' ἥμισυ ὀνόματά μου, littéralement « mes douze noms et demi ». J'expliquerai cette expression plus loin.
(3) Εἰς τὴν Πόλιν.

la ville rendit grâce à Dieu qui, par ses saints, avait accompli ces miracles.

« Les personnes qui useront du phylactère contre Gyllou ne subiront aucun mal du fait de celle-ci. »

Le phylactère contre Gyllou n'est autre que le texte que nous venons de traduire : on voit par une version arabe (1) de l'oraison ou *legenda* de saint Sisinnios que, quand un enfant tombait malade, on la lui lisait au chevet de son lit, puis on la lui suspendait au cou.

VI

Avant de parler de Γυλλου, qui était le nom principal de la diablesse, disons quelque chose de ses autres noms.

D'abord pourquoi ce nombre fractionnel de douze noms et demi? Dans une prière grecque contre l'épilepsie, il est question de 72 espèces et demie de diables (2). La prière grecque de saint Paul (3), qu'on disait contre les serpents (en souvenir de la vipère de Malte : *Actes*, XXVIII, 5), exorcise les 365 races et demie de reptiles et de bêtes sauvages. Cet ἥμισυ qui s'ajoute au nombre entier, répond à la préoccupation d'être complet (4); l'exorciste veut paraître n'avoir oublié aucun des êtres malfaisants qu'il prétend conjurer : l'exorcisme perdrait toute valeur, s'il y avait une seule omission, si petite fût-elle.

Je connais des « douze noms et demi » de Gyllou cinq listes différentes : *a*) celle qu'on vient de lire dans le texte traduit ci-dessus, elle a été publiée par Sathas dans sa *Bibliotheca graeca medii aevi*, t. V, p. 573, d'après le *Parisinus graecus* 395, f° 12; *b*) une dans un texte analogue, qui se trouve dans le même manuscrit et qui a été publiée aussi par Sathas, *op. l.*, p. 576; *c*) une liste reproduite par Sathas, *op. l.*, p. 575 d'après le *De opinionibus Graecorum* d'Allatius, vieil ouvrage que je n'ai pas vu; *d*) une liste dans un texte publié par Reitzenstein, *Poimandres*, p. 299, d'après le *Parisinus graecus* 2316, f° 432; *e*) une liste

(1) Conservée dans le ms. arabe 118 de la Vaticane, et ainsi mentionnée dans MAI, *Script. vet. nova collectio*, t. IV, p. 240 : *Oratio S. Sisinnii martyris, legenda super puerum eique ceu amuletum appendenda : quo facto, ab omni malo liber erit illumque Deus per intercessionem hujus Sancti custodiet.* Je dois l'indication de ce ms. au P. PEETERS, Bollandiste.

(2) VASSILIEV, *Anecdota*, p. LXVIII.

(3) *Id.*, *p.* 331, avec la correction de REITZENSTEIN, *Poimandres*, p. 300, note 1.

(4) PRADEL, *op. l.*, p. 73.

dans un texte publié par Pradel, *Griech. Gebete*, p. 28, d'après un manuscrit de Venise. La liste *a* se lit dans une *Legenda S. Sisinnii.* J'ignore, n'ayant pu me procurer le *De opinionibus* d'Allatius, dans quel texte se trouve la liste *c*, si c'est dans une *Legenda S. Sisinnii* ou dans une *Legenda S. Michaelis.* Quant à *b*, *d*, *e*, elles se trouvent dans diverses versions de la *Legenda S. Michaelis*, où c'est l'archange qui force Gyllou à décliner tous ses noms; mais à la fin de la *Legenda* sont mentionnés Sisinnios et Sinodore : ὅπου εἰσὶν τὰ ιβ' μου ὀνόματα (c'est la diablesse qui parle) καὶ τὸ ὄνομά σου, ἀρχάγγελε Μιχαήλ, καὶ τὸ ὄνομά σου, Σισίννιε καὶ Σινόδωρε, οὐ μὴ εἰσέλθω εἰς τὸν οἶκον τοῦ δούλου τοῦ Θεοῦ ὁ δεῖνα, ἐπὶ ὀνόματος Πατρὸς, Υἱοῦ , καὶ Ἁγίου Πνεύματος, νῦν καὶ ἀεὶ καὶ εἰς τοὺς αἰῶνας τῶν αἰώνων. Faute de s'être rappelé la *Legenda S. Sisinnii* connue depuis la publication de la *Bibliotheca* de Sathas, Reitzenstein n'a pas compris ce que signifiait, à la fin de la *Legenda S. Michaelis*, cette mention de Sisinnios et de Sinodore; il a cru qu'il s'agissait du patriarche de Constantinople Sisinnios (996-999), qui est l'auteur d'une Διήγησις καὶ ἀποκάλυψις τοῦ ἀρχαγγέλου Μιχαήλ (1).

Voici ces cinq listes de noms. Pour me borner, je n'ai pas tenu compte d'une autre liste, moins intéressante, de quarante noms celle-ci, qui se trouve dans diverses autres versions de la *Legenda S. Michaelis* (2).

a	*b*	*c*	*d*	*e*
Γυλλου	Μανλου	Γιλου	Γελου	Γυλου
Αμορφους	Αμορφους	Μωρρα	Μορφους	Αμορφου
Αβυζου	Καρανιχους	Βυζου	Καρανιχος	Καρχαριχρυ
Καρχους	Αβιζιου	Μαρμαρου	Αμιξους	Βυζου
Βριανη	Αβιδαζιου	Πετασια	Αμιδαζου	Αβυδαζου
Βαρδελλους	Μαρμαλατους	Πελαγια	Μαρμαλατ	Μαρμαλετα
Αιγυπτιανη	Καριανη	Βορδονα	Καρανη	Σεληνου
Βαρνα	Ελληνους	Απλετου	Σεληνους	Αβηζατω
Χαρχανιστρεα	Αριανη	Χαρμοδραχαινα	Αβιζα	Καρχανιτο
Αδιχια	Αδιχια	Αναβαρδαλαια	Αριανη	Κωρχανιτους
—	Χαρχανιστρια	Ψυχανοσπαστρια	Μαραν	Αιματοπινουσα
Μυια	Μυια	Παιδοπνιχτρια	Μαρμαλατ	Στριγλα
Πετομενη	Πετομενη	Στριγχλα		

(1) Sur cette Διήγησις et sur le patriarche Sisinnios, cf. *Acta SS.*, 29 septembre; BONNET, ap. *Anal. Boll.* 1889, p. 289; KRUMBACHER, *Byz. Lit.*, 2e éd., p. 170; LUEKEN, *Michael, eine Darstellung von Erzengel* (Gœttingue, 1898), p. 73, n° 3.

(2) Ms. de Constantin Lascaris, IRIARTE, *Cod. Matrit. gr.*, p. 426. Ms. de Venise, PRADEL, *Griech. Gebete*, p. 23.

Pour pénétrer chez Mélitène, Gyllou se change en mouche : c'est pourquoi l'un de ses noms est Μυῖα (*a*, *b* 12). Dans la *Prière de saint Michel* publiée par Pradel (*op. l.*, p. 324), l'archange, voulant savoir les noms de Gyllou, lui crie : Μυιῶν σατανομυῖα, ιβ' ὀνόματα εἶσαι · καὶ εἰπέ με αὐτά. Pour expliquer cette injure, μυιῶν σατανομυῖα, Pradel a consulté Wünsch, qui lui a répondu de se rappeler « le Baal des mouches », Βεελζεβούβ, d'Aqqaron au pays philistin, qui sous le nom de Βεελζεβούλ est dans les Synoptiques le prince des démons (1). Je crois que l'explication vraie est autre : c'est une croyance générale du folklore que les démons peuvent parfois prendre la forme de mouches : les gens du Moyen Age, par exemple, admettaient que l'atmosphère était pleine d'innombrables démons, menus et ténus comme les grains de poussière qu'on voit danser dans un rai de soleil (2).

Étant, à l'occasion, une mouche, Gyllou est assez naturellement décrite comme un être ailé : d'où son nom de Πετομένη, *ab* 12 1/2, déformé en Πετασία, *c* 5. Sur les icones russes, les douze femmes qui représentent les douze noms de Gyllou sont figurées ailées. Sur la fresque de Baouît, la fille d'Alabasdria est une sorte de Mélusine ailée (3). Dans la légende éthiopienne de saint Sousnyos et de Ouerzelyâ (4), le nom de la diablesse, qui paraît sémitique (5), est à peu près le même que celui d'un oiseau dans la *Scala magna* du cheikh Chams-al-riâsah, ouvrage copte-arabe du IVe siècle (6). Ce nom de Ouerzelyâ ou Berzelia est à rapprocher peut-être d'un des noms de Gyllou dans nos listes grecques, Βαρδελλους, *a* 6 (d'où dérive probablement Αναβαρδαλαια, *c* 10, lequel n'aurait donc rien de commun avec Αλαβασδρια). Cf. encore Βορδονα, *c* 7.

Pour échapper à Sisinnios, Gyllou s'était plongée dans la mer, d'où son nom de Πελαγία (*c* 6), dans lequel Pradel, en bon disciple d'Usener, a voulu reconnaître Aphrodite Πελαγία (7) : la déesse ainsi surnommée, qui était adorée notamment à Kition en Chypre (8), se se-

(1) II *Rois*, I, 3. Cf. *Matth.*, XII, 24; *Marc*, XIII, 22; *Luc*, XI, 5.

(2) Cf. *Legenda aurea*, CXLV (*de Sancto Michaele archangelo*) : *frequenter daemones circa nos volitant sicut muscae*, ainsi que les représentations figurées que j'ai citées dans mon *Étude sur le Speculum humanae salvationis*, p. 56.

(3) Cf. PERDRIZET, *Terres cuites grecques d'Égypte de la coll. Fouquet*, p. 86, pl. LXVI.

(4) BASSET, *Apocryphes éthiopiens*, IV, p. 38.

(5) O. VON LEMM, *Koptische Miscellen* (Leipzig, 1914), p. 18. L'identification du nom de Ouerzelyâ avec celui d'Ursule est impossible.

(6) *Annales du Service*, I, p. 52.

(7) *Op. l.*, p. 91, n° 2. Cf. USENER, *Legende der Pelagia* (Bonn, 1879).

(8) *BCH*, 1896, p. 340.

rait donc transformée, aux temps chrétiens, à la fois en diablesse et en sainte.

Sur les icones russes, les douze diablesses sont figurées plongeant dans la mer pour échapper à l'archange; elles se réfugient dans l'abîme ἄβυσσος, βύθος) d'où elles sont sorties: cf. Αβυζου, *a* 3; Αβιζιου, *b* 4; Βυζου *c* 3; Βυζου, *e* 4; Αβιδαζιου, *b* 5, Αμιδαζου, *d* 5, Αβυδαζου, *e* 5, Αβιζα, *d* 9; le *Par. gr.* 395 contient un ἐξορκισμός τῆς 'Αβιζοῦς publié par Sathas, *op. l.*, p. 577, où l'on apprend que saint Arsénios triompha de cette diablesse; elle avait des yeux de flamme, des mains de fer, καὶ τὰς τρίχας ὡσεὶ καμήλου, et elle s'attaquait aux petits enfants. Pradel (1) croit qu'Αβυζου est un mot romaïque, α privatif, et βυζί, *mamelle;* Paul Maas (2), qu'Αβυζου est la déformation d'Οβιζουθ, nom de diablesse dans la Διαθήκη Σολομῶνος (3). Je croirais plutôt à l'hypothèse inverse de celle de Maas. Noter en passant que la transformation des douze noms de la diablesse en autant de démons femelles, transformation dont l'imagerie russe a probablement emprunté l'idée à l'imagerie grecque, s'explique par la sémantique, le mot ὄνομα signifiant, dans la basse grécité (4), non seulement *nom,* mais *personne, individu.* Nous avons vu tantôt que dans la *Prière de saint Michel* (Pradel, *op. l.*, p. 34), l'archange interpellait Gyllou en ces termes: Μυιῶν σατανομυῖα, ιβ' ὀνόματα εἶσαι « tu es douze personnes », c'est-à-dire « tu peux prendre douze formes, avoir douze hypostases, à chacune desquelles correspond un nom ». Il était essentiel de connaître tous ces noms, pour conjurer la diablesse, quelque forme qu'elle prît. Ce qui n'empêche que Reitzenstein se soit trompé, en expliquant que Gyllou ait douze noms par un passage de papyrus magique (5), qui donne les douze noms d'Isis-Hécate : dans ce texte, il s'agit, non d'ὀνόματα au sens d'hypostases, mais de noms magiques ἃ οὐ δυνάται παρακοῦσαι οὔτε ἀέριος οὔτε ὑπόγειος δαίμων. Quant aux douze génies (ἄγγελοι) des douze heures nocturnes, allégués également par Reitzenstein (6) pour expliquer que Gyllou soit douze personnes en une (εἶσαι ιβ' ὀνόματα), ce sont simplement des serviteurs d'Isis-Hécate, non pas ses hypostases.

(1) *Op. l.*, p. 87.

(2) *Byz. Zeit.*, 1908, p. 223 (c. r. de l'ouvrage de Pradel).

(3) *P. G.*, CXXII, 1335.

(4) ὄνομα, au sens d'individu se trouve déjà dans une inscription païenne de Phrygie, datée de 313 : cf. Cumont, *Cat. des sculpt. et inscr. de Bruxelles*, 2e éd., no 136.

(5) *Poimandres*, p. 257, n. 2, d'après Kenyon, *Gr. Pap. Cat.* I, 111, l. 862.

(6) *Id.*, p. 299, n. 1.

D'autres noms de la diablesse s'expliquent par sa nature : une diablesse est nécessairement chargée de crimes (Ἀδικία *b* 10) et horrible à voir (Αμορφους *a b e* 2, abrégé en Μορφους *d* 2; quant à Μωρρα *c* 2, quoiqu'il occupe la même place dans sa liste qu'Αμορφους ou Μορφους dans les autres, il semble sans rapport avec ces deux noms; on croit qu'il signifie *incube* : cf. Du Cange, s. v. μωρά et Pradel, *op. l.*, p. 95).

La caractéristique de Gyllou, c'est qu'elle tue et dévore les enfants. Pour ce faire, elle les étouffe (Παιδοπνικτρια *c* 12), ou les étrangle (Στριγκλα *c* 13, *e* 12), ou leur suce les veines (Αιματοπινουσα *e* 11), puis les engloutit (Ψυχανοπαστρια *c* 11) insatiablement (Απλετου *c* 8) dans sa gueule à dents de requin (Χαρχαριστρια *a* 9, *b* 11, Καρκαρικρυ *e* 3, Καρκανιτο *e* 9, Κωρκανιτους *e* 10, Καρανιχος *d* 3, Καρανιχους *b* 3).

Σεληνους *d* 8, ou Σεληνου *e* 7, déformé en Ελληνους *b* 8, rappelle le caractère sinistre de la Lune, Σελήνη, qui éclaire de sa lumière blafarde les opérations nocturnes des sorcières. Dans la Διαθήκη, la diablesse Onoscélis révèle à Salomon qu'elle opère ses sorties à la pleine lune (1). C'est pourquoi telle formule de guérison (2) doit se réciter par une nuit sans lune, où les diablesses et les sorcières ne se risquent point à déambuler.

Les autres noms sont moins aisés à expliquer. Faut-il mettre en rapport Καρανιχους *b* 2 (Καρχους *a* 4, par abréviation intérieure), Καρανιχος *d* 3, en rapport non pas, comme nous l'avons supposé tantôt, avec Χαρχανιστρια *a* 9, *b* 11, mais avec le prédicat καρανιστής « qui arrache la tête », qu'on trouve déjà dans le *Rhésos*, 817? Quant aux noms commençant par Μαρμαρ- (Μαρμαρου *c* 4) ou Μαρμα- (Μαρμαλατ *d* 6 et 12, Μαρμάλετα *e* 6, Μαρμαλατους *b* 6), ils rappellent des noms comme Μαρμαραθ (3), Μαρμανωθ (4) qui sont fréquents dans les textes magiques : la magie affectionnait, pour ses abracadabras, les noms à bredouillement, formés de Μαρμαρ- ou de Μερμερ- (5), de Βαρβαρ- ou de Βερβερ- (6). — Faut-il voir dans Βριανη *a* 5 une faute de copie, pour Αριανη *b* 9, *d* 10 (comme Καριανη *b* 7, Καρανη *d* 7 en sont probablement d'autres) et reconnaître dans Αριανη un souvenir de l'A-

(1) *P. G.*, CXXII, 1321.

(2) Vassiliev, *Anecdola graeco-byzantina*, p. 336.

(3) Wessely, *Ephesia grammata*, n°s 119, 310; Audollent, *Def. tab.*, p. 242.

(4) Wessely, *op. l.*, n° 94.

(5) *Id.*, n°s 21, 98, 119, 226, 310, 527; Delatte, ap. *BCH*, 1913, p. 269.

(6) Wessely, *op. l.*, n°s 319, 335, 445, 529.

riane crétoise, laquelle, de cette façon, aurait été successivement une grande déesse (1), une héroïne, et finalement une diablesse? Mais Βριανη semble confirmé par la Διαθήκη, où nous lisons que, Salomon ayant demandé au démon Ῥάβδος : ποίῳ ἀγγέλῳ καταργῇ σύ, le démon répond : τῷ μεγάλῳ Βριέῳ (2).

Gyllou porte encore deux autres noms dans la *Prière de saint Michel :* ἐγὼ τὰ νήπια ἀποκτείνω · τὸ γὰρ ὄνομά μου Παταξαρέα καλοῦμαι, lit-on dans le manuscrit de Madrid (3). Ce nom, dérivé de πατάσσειν, « battre à grand bruit », se comprend mieux si l'on se souvient de la confession faite par la diablesse Αἔυζου à l'archange saint Michel, un jour qu'en descendant du Sinaï, il l'avait trouvée sur son chemin (4) : « Qui es-tu? Où vas-tu? » — « Je suis, lui répond-elle, celle qui fait pleurer les nouveau-nés, celle qui fait que les prêtres se détestent et se querellent les uns les autres et s'injurient à grand vacarme. Mon nom est Παταξαρω (var. Παταξαραια). » L'autre nom de Gyllou, qui se trouve encore dans la *Prière de saint Michel,* est le nom par excellence des puissances méchantes : ὁρκίζω σε, Στραγγαλια πολύμορφε · φοβήθητι, Βασκοσύνη, τὸ μέγα ὄνομα τοῦ Θεοῦ (5) *Strangalia* « Celle qui étrangle », comme Στρίγκλα, dans la *Prière de saint Sisinnios.* Quant à Βασκοσύνη, aucun nom ne saurait mieux convenir à notre diablesse, l'envie, la jalousie étant le caractère essentiel des esprits du Mal, et la fascination, le mauvais œil, leur moyen de nuire le plus redoutable.

Reste le nom principal de la diablesse (6), τὸ πρῶτον ὄνομα καὶ ἐξαίρετον. Quoi qu'on ait dit (7), il n'est pas grec; il doit être oriental; peut-être y faut-il reconnaître un nom babylonien, comme celui de la diablesse Lilith (8) dont parle déjà Isaïe (XXXIV, 14) : comme Gyllou, Lilith fait son œuvre la nuit, elle s'attaque aux nouveau-nés : aussi les Juifs ont-ils soin de lui interdire l'entrée de la chambre d'accouchement.

Les lexicographes et les parœmiographes grecs nous ont conservé

(1) Ἀριάδνη « la très sainte » : cf. HÉSYCHIOS ἀδνόν · ἁγνὸν Κρῆτες.

(2) *P. G.*, CXXII, 1332. Ῥάβδος paraît être la personnification du bâton magique.

(3) YRIARTE, *op. l.*, p. 424.

(4) PRADEL, *op. l.*, p. 23.

(5) REITZENSTEIN, *Poimandres*, p. 298.

(6) Cf. PRADEL, *op. l.*, p. 91.

(7) SITTL, *Die Gebärden der Griechen und Römer*, p. 125.

(7) Pour l'origine babylonienne du nom de Lilith, cf. *Zeit. f. Assyr.*, XXIX, 163. KOHUT le croyait perse, à tort (*Uber die jüd. Angelologie u. Dämonologie in ihre Abhängigkeit vom Parsismus*, Leipzig, 1886, p. 86).

ce fragment de Sapphô : Γέλλους παιδοφιλωτέρα (1). Dans une glose qui vise évidemment cette expression de la poétesse lesbienne, Hésychios explique que Gello était une goule qui volait aux mères leurs nouveau-nés, δαίμων ἣν γυναῖκες τὰ νεογνὰ παιδία φασὶν ἁρπάζειν, j'emploie exprès le mot *goule*, qui vient de l'arabe *ghoul*, lequel, d'après Sophoclis (2) dériverait de Γελλώ, celui-ci venant peut-être du babylonien *gallou* « démon » (3).

Il faudrait être au fait de bien des choses pour contrôler cette suite étymologique. Si elle était reconnue exacte, le fragment de Sapphô mériterait beaucoup d'attention. Car, étant admis que le nom Γελλώ, qui, en tout état de cause, n'est pas grec, soit d'origine babylonienne, nous voilà en présence d'un emprunt de la Grèce archaïque à Babylone. Emprunt direct, comme le yatagan à poignée d'ivoire qu'Antiménidas, frère d'Alcée, avait rapporté d'Assyrie (4)? Pas nécessairement. Sans doute, au VIIIe siècle avant notre ère, les rois de Babylone avaient étendu leur empire fort loin vers l'Ouest : on a retrouvé une stèle de Sargon à Chypre, elle date de 707 avant J.-C. (5). Mais, avant cette époque, les Hittites, dont la civilisation était pénétrée d'influences babyloniennes, avaient dominé sur une grande partie de l'Asie antérieure. En somme, il ne serait pas étonnant que des ondes soient venues dans ces temps très anciens de l'Euphrate à l'Égée, et que, par exemple, les Grecs d'Ionie, pour désigner les goules, aient employé un mot d'origine babylonienne : ἔπεα πτερόεντα. Ce ne serait d'ailleurs pas une raison suffisante pour attribuer à la Babylonie l'origine du type de la Harpye ou de la Sirène (6).

VII

L'explication que l'éditeur de la fresque de saint Sisinnios (fig. 6) à Baouît en a donnée n'est pas exacte de tous points. Je m'empresse

(1) Fr. 44 BERGK-HILLER ; cf. LOBECK, *Aglaophamus*, p. 303, ainsi que le *Thesaurus* et que PAULY-WISSOWA, *s. v.* Gello. Dans la *Tentation*, FLAUBERT, parlant de Stryges et des Empuses, nomme les « Gelludes »; on trouve, en effet, le pluriel αἱ Γελοῦδες dans un opuscule Περὶ Στρυγγῶν attribué à saint Jean Damascène, † 756 (*P. G.*, XCIV, 1604) : le génitif Γελλοῦς du fragment de Sapphô aura été pris pour un nominatif.

(2) *Greek Lexicon*, s. v. γελλώ, γελώ *or* γιλώ.

(3) *Zeit. f. Assyr.*, XXIV, 161.

(4) Alcée, fr. 33 B.-H., d'après Strabon, XIII, 617. Pour les épées archaïques à poignée d'ivoire (et non « à garde d'ivoire », comme traduit DESROUSSEAUX, *Les Poèmes de Bacchylide*, p. 117), cf. *BCH*, 1904, p. 340 et *Dict. des Antiq.*, s. v. *gladius*, p. 1604.

(5) PERROT, *Hist. de l'Art*, t. II, p. 630.

(6) Cf. dans le même sens, WEICKER, *Seelenvogel*, p. 90.

d'ailleurs de reconnaître qu'on doit beaucoup de gré à M. Clédat pour nous avoir procuré de cette peinture singulière des reproductions qui permettent de corriger sa propre exégèse.

« Faisant pendant à saint Phibammon, on voit, écrit-il, un autre cavalier sur un cheval brun. Son nom est écrit à droite de sa tête :

ϯ Ο Ἁ Γ Ι Ο Ϲ   Ϲ Ι Ϲ Ι Ν Ν Ι Ο Ϲ

Vêtu du costume phrygien, il est armé d'un bouclier et d'une lance dont il perce le sein droit (1) d'une femme

ϯ Α Λ Α Β Α Ϲ Δ Ρ Ι Α

couchée sous les pieds du cheval. Autour de ces deux personnages sont une série de symboles, personnages, animaux ou armes appartenant pour la plupart au mythe d'Horus. Une femme ailée, dont le corps se termine par la queue d'un reptile, est désignée comme « la fille d'Alabasdria »

Τ Ϣ Ε Ε Ρ Ε Ν Α Λ Α Β Α Ϲ Δ Ρ Ι Α

Au-dessous est un jeune Centaure armée d'un harpon (2). A gauche de saint Sisinnios, un jeune enfant. Au-dessous, une bête tachetée, peut-être une hyène (3). Au-dessous, un pou, un crocodile, l'ibis, le poignard, deux haches, deux serpents et le scorpion, ces derniers se rattachant particulièrement au mythe d'Horus (4). »

Si M. Clédat avait connu la médaille talismanique qui avait été

(1) Plus exactement « la poitrine ».

(2) Pour cette figure de Centaure, M. Clédat renvoie à la *Vie de saint Paul*, traduite du copte, dans les *Annales du musée Guimet*, t. XXV, p. 4. Il est dit, en effet, dans la légende de saint Paul ermite, que saint Antoine, ayant appris par un songe qu'il existait un solitaire encore plus avancé que lui-même dans l'ascèse érémitique (ce solitaire n'était autre que Paul), partit à sa recherche et d'abord rencontra un Centaure : *dum eum per silvas inquireret, obvium habuit hippocentaurum, hominem equo mixtum* (*Legenda aurea*, c. XV, éd. Grässe). Sur la transformation du Centaure en démon, cf. Cahier et Martin, *Vitraux de Bourges*, n° 25, p. 216; Cahier, *Nouveaux Mélanges d'Archéologie, Curiosités mystérieuses*, p. 156; Perdrizet, *Fouilles de Delphes*, V, p. 189; Mendel, *Sculpt. du musée de Constantinople*, II, p. 523. Le Moyen Age occidental (cf. l'*Enfer* du Dante, ch. XII, l'*Allégorie de l'Obéissance*, par Giotto, à Assise, et le *Jugement dernier* d'Orcagna, à Sta Maria Novella) a pris dans les légendes des solitaires de la Thébaïde le type du démon en forme de Centaure, autrement dit de Sagittaire.

(3) Les Abyssins croient que les esprits prennent parfois la forme de l'hyène : cf. Littmann, *Abyssinia*, dans le *Dict. of Rel. and Ethics* d'Hasting, I, 57 *a*, et *Zeit. f. Assyr.*, XXIV, 64.

(4) Clédat, *op. l.*, p. 81.

déjà publiée deux fois (1) et que nous reproduisons ci-dessous (fig. 7 et 8), il aurait compris ce que représentaient ces animaux symboliques placés par le peintre de Baouît à côté de saint Sisinnios et de la goule Alabasdria. La médaille en question montre d'un côté Salomon nimbé, à cheval, transperçant d'une lance crucifère la diablesse renversée

Fig. 7. Fig. 8.

à terre : au pourtour l'inscription φεῦγε, μεμισιμένι, Σολομῶν σε διόκι, Σισίννιος, Σισιννάριος — ces deux noms désignant, non pas, comme l'a pensé le premier éditeur, le propriétaire de la médaille, mais saint Sisinnios et son frère Sisinnarios (2), celui-ci étant le même, je suppose, que le Sinès du texte de Sathas (Sinès, abréviation de Sisinnarios).

Au revers, en exergue, cette invocation à la vertu du sceau salomonien σφραγὶς Σολομῶνος, ἀποδίοξον πᾶν κακὸν ἀπὸ τοῦ φοροῦντος. Ainsi, un talisman de ce genre n'était pas bon seulement contre une seule maladie, mais contre toutes.

Dans le champ du revers, on voit, au-dessus de la diablesse, cause de toutes les maladies, et à côté de l'inscription ΦΘΟΝΟΣ, le mauvais œil percé de trois couteaux à lame triangulaire (3), et attaqué par une horde de bêtes, un scorpion, un serpent, un ibis et deux lions. C'est le même thème qu'à Baouît, avec cette différence de détail qu'à Baouît, l'*oculus invidiosus*, que M. Clédat n'a pas reconnu, est percé, non de trois couteaux, mais d'un seul, et de deux flèches empennées.

(1) *Rev. ét. gr.*, 1892, p. 74; 1903, p. 47. Cf. *Rev. ét. gr.*, 1891, p. 291; *BCH*, 1893, p. 638 et 1900, p. 293.

(2) PRADEL, p. 91, n. 2, croit que les deux noms Sisinnios et Sisinnarios inscrits sur le talisman ne désignent qu'un même personnage, qui serait saint Sisinnios.

(3) Les coutelas de cette forme sont fréquents dans l'imagerie égyptienne : cf. LEGRAIN, *Un génie-coutelier de Montoumhaît*, ap. *Annales du Service*, VIII, p. 122.

VIII

L'œil, à Baouît, est attaqué par un scorpion, deux serpents et un ibis. Quant au pou que M. Clédat a cru distinguer au-dessus de ce fourmillement de bêtes, il n'est pas donné à tout le monde d'y croire. D'abord, il serait, ce pou, démesurément grossi. Et que viendrait faire un pou dans la bataille des bêtes contre le mauvais œil? Je pense qu'il s'agit en réalité d'une chouette : on distingue, sur le haut de la tête, à droite et à gauche, les deux petites touffes de plumes caractéristiques. La chouette était tenue pour dangereuse, en raison de ses yeux ronds et fixes et de leurs lunettes de plumes qui leur donnent une apparence énorme. Selon les cas — telle est l'ambiguïté des forces magiques — elle avait le mauvais œil, ou servait à le conjurer. Elle le conjurait à Athènes : la chouette d'Athéna, qu'on voit posée sur la dextre de la déesse, ou à terre à côté de la Γλαυκῶπις, ou telle qu'elle est figurée, avec ses yeux ronds intentionnellement grossis, sur le bouclier d'Athéna et sur les monnaies d'Athènes — la chouette d'Athéna, dis-je, conjurait la fascination. Au contraire, sur nombre de monuments magiques de basse époque, la chouette est l'auxiliaire de l'*oculus invidiosus* et comme le symbole de la βασκανία. Dans un travail (1) où j'ai, avant d'autres (2), expliqué le folklore de la chouette chez les Anciens, j'ai signalé un certain nombre de ces monuments, qui forment le meilleur commentaire de la fresque de Baouît.

Voici, par exemple (fig. 9), la mosaïque liminaire du local des négociants en perles fines (*margaritarii*) à Rome, au mont Cœlius (3). Ces négociants étaient des Levantins, et riches : tels aujourd'hui les Israélites aux mains desquels est le commerce de la perle. La mosaïque qui ornait le seuil de leur chambre syndicale devait les protéger, eux et leurs richesses, contre l'Envie. Elle représentait donc l'*oculus invidiosus* attaqué par la horde des bêtes et percé d'une lance, comme nous l'avons vu précédemment percé de flèches et de coutelas. Mais

(1) *Bull. soc. antiq. de France*, 1903, p. 164-170.

(2) Par ex. POTTIER, ap. *BCH*, 1908, p. 534.

(3) *Boll. comunale*, 1890, pl. I, II; BIENKOWSKI, *Malocchio*, ap. *Eranos Vindobonensis*, p. 283; CAGNAT-CHAPOT, *Manuel*, II, fig. 450.

en regardant bien, on voit que sur l'œil méchant est perché une chouette, et que c'est à la chouette, autant qu'au mauvais œil, que s'en prend la horde des bêtes : quand une chouette se risque en plein

Fig. 9.

jour, les autres oiseaux, petits et grands, ne se réunissent-ils pas contre elle, ne lui donnent-ils pas la chasse tous ensemble (1)?

Autre exemple de la chouette comme symbole de la βασκανία : l'amulette monétiforme publiée jadis par J.-B. de Rossi (2), où l'on voyait d'un côté une chouette, et, en exergue, cet exorcisme pris de l'*Apocalypse*, v, 5, : *bicit te leo de tribu Iuda, radix David, Dominus* (ce dernier mot écrit dans le champ, à côté de sept étoiles, autant d'étoiles qu'il y a de lettres dans l'heptagramme sacro-saint *Dominus*). La suite de l'exorcisme se poursuivait de l'autre côté : (*Dominus*) *Jhesus Christus. Ligabit te bratius Dei et sigillus Salomonis. Abis notturna, non baleas ad anima pura et supra, quisvis sis.* Récemment, feu Héron de Ville-

(1) Cf. Perdrizet, *La Chasse à la chouette*, ap. *Rev. de l'Art anc. et mod.*, 1907, II, p. 143.
(2) *Bull. arch. chr.*, éd. fr., 1869, p. 62.

fosse (1) et M. Charles Bruston (2) ont expliqué deux amulettes analogues trouvés à Carthage et dont voici le mieux conservé (fig. 10) : d'un côté, la chouette, et en exergue, le commencement de l'exorcisme : ☩ *bicit leo de tribu Iuda, radix David;* la fin, qui se trouve de l'autre côté, n'est pas la même sur les deux amulettes, et diffère chaque fois de la fin l'exorcisme inscrit sur l'amulette de De Rossi. J'adopte les lectures proposées par M. Bruston, en prévenant que celle du n° 2 est douteuse en quelques endroits, sans qu'il y ait d'ailleurs incertitude sur l'essentiel :

Fig. 10.

1) *Invidia invidiosa, nihil tibi ad anima pura et munda. Micael, Raphael, Uriel, Gabriel.* † *Victoria.*

2) *Invisa invidiosa invicta devastator abis, quis ne non tuum flagellum fecerit totum frangi.*

Le mauvais œil dont la défaite sur la médaille talismanique reproduite ci-dessus fait pendant à la défaite de la diablesse représentée à l'avers, ou qui, sur la fresque de Baouît, est figuré à côté du groupe de Salomon et d'Alabasdria, n'est pas un être existant à part, c'est le mauvais œil de la diablesse elle-même, son principal et plus dangereux moyen de nuire. Aussi, dans la *Legenda S. Michaelis* publiée par Reitzenstein (3), la diablesse est-elle appelée non pas Γύλλου, mais Βασκανία ou Βασκοσύνη.

Reportons-nous maintenant encore une fois, avant de prendre congé de ce document saisissant, à la fresque de Baouît. Voici, à mon avis, comment il faut la lire. Le puissant cavalier aux blancs vêtements de lin, le grand saint Sisinnios, est tombé comme la foudre sur la diablesse et sur toute sa séquelle : la diablesse roule à terre, Sisinnios la transperce avec le talon (σαυρωτήρ) d'une longue hampe à l'autre extrémité de laquelle devait splendir la croix. En même temps que la diablesse, succombe son agent de nuisance : le βάσκανος ὀφθαλμός est anéanti par les bêtes, comme Alabasdria-Βασκοσύνη l'est par Sisinnios. Ce que voyant, la séquelle de la diablesse — la fille d'Alabasdria, le Centaure au harpon — s'enfuit en hurlant, pendant que le cro-

(1) *Bull. du Comité*, 1916, p. 136.
(2) *Rev. arch.*, 1919, II, p. 224.
(3) *Poimandres*, p. 297, d'après le *Paris. gr.* 2316; cf. *supra*, p. 24.

codile, la chouette et la hyène qui, dans l'autre partie de la composition, gardaient l'enfant volé par Alabasdria (1), assistent impuissants et inertes, à la déconfiture de celle-ci.

IX

Le thème de l'*oculus invidiosus* attaqué par la horde des bêtes se retrouve sur beaucoup d'autres monuments de l'époque impériale. L'un d'eux n'a pas été correctement expliqué. C'est encore une mosaïque liminaire (fig. 11), trouvée à Sousse, et ainsi décrite par Gauckler : « Mosaïque de seuil, découverte en 1901 dans les ruines d'une villa romaine. Long. 0^m 75, haut. 0^m 60. Dans un cadre formé d'un filet noir, le mauvais œil entouré de deux serpents et d'un poisson qui l'attaquent pour préserver de ses maléfices la maison dont ils gardent l'entrée (2). » En réalité, il n'y a point là de poisson, mais un φάλλος en érection. Sur le rôle du φάλλος, *fascinus*, comme préservatif contre le mauvais œil, Otto Jahn a dit tout ce qu'il faut savoir; on trouvera dans son mémoire (3) la reproduction de reliefs et de médailles talismaniques, avec la horde de bêtes autour de l'*oculus invidiosus*, et dans cette horde, le φάλλος : en étudiant les originaux des médailles dont il s'agit (4), j'ai constaté que le φ. est généralement représenté πτύων, détail omis par le dessinateur de Jahn.

Fig. 11.

MM. Beaudoin et Pottier ont publié les inscriptions d'une amulette (5), où les bêtes hostiles au mauvais œil, au lieu d'être figurées, sont seulement dénommées. D'un côté, Salomon, nimbé, à cheval,

(1) Dans l'état actuel de la fresque, il ne reste plus de cet enfant, qui était figuré nu, assis, tourné vers saint Sisinnios, et dont la peau était peinte en blanc, que les jambes et le séant.

(2) *Musées de Sousse*, p. 36, pl. IX, fig. 5. Même erreur dans *Bull. arch. du Comité*, 1901, pl. CXC; CAGNAT et CHAPOT, *Manuel d'archéologie romaine*, II, fig. 452. (Je vois en corrigeant les épreuves que GAUCKLER l'a rectifiée depuis dans l'*Inventaire des mosaïques de Gaule et d'Afrique*, t. II, p. 32, n° 73).

(3) *Böse Blick*, pl. III (d'où *Dict. des antiq.*, fig. 2288) et CAGNAT-CHAPOT, II, fig. 451. *Adde* la stèle funéraire d'Afrique reproduite dans *Strena Helbigiana*, p. 38 (moulage au musée de Troyes; pour l'épitaphe, cf. *CIL*, VIII, 9057 et suppl. p. 1960).

(4) *Rev. ét. gr.*, 1903, p. 54, note 1.

(5) *BCH*, 1879, p. 267.

transperçant de sa lance la diablesse, et à l'exergue cette légende : εἷς Θεὸς ὁ [νικῶ]ν τὰ κακά. De l'autre côté, cette inscription, au-dessus d'un lion :

ΙΠΠΟϹΝ
ΟΙΛΟϹЄΙΒ
ΙϹЄΥΘЄΙΑ
ΚΟΛЄΑΝΔΡ
ΟϹΤΡΟΥΘΟ
ΚΑΜΗΛΟϹ
ΑΠΟΛΛΟ

« On distingue, écrivaient les premiers éditeurs, les mots ἵππος, (ε)ἴδις, στρουθοκάμηλος. Les autres ne semblent pas altérés, mais nous ne voulons pas hasarder une explication. » Ce talisman, quand il fut étudié par MM. Beaudoin et Pottier, se trouvait dans la collection Pérétié, à Beyrouth. Depuis, il a été acquis par M. Gustave Schlumberger, qui en a proposé la lecture (1) ἵππος, μοῖλος, εἴδις, κτλ., le mot *μοῖλος étant censément la transcription du lat. *mulus*: il vaut mieux lire Νειλόσειδις. Si l'on se rappelle le φάλλος représenté sur les médailles talismaniques et sur la mosaïque de Sousse, on lira les mots entre Νειλόσειδις et στρουθοκάμηλος de cette façon : εὐθεῖα κωλῇ ἀνδρός — ce qui, en trois mots, signifie la même chose qu'ἰθύφαλλος. N'ayant pas vu l'objet, je ne propose pas de transcription de la dernière ligne.

X

Dans l'étrange composition juive intitulée Διαθήκη Σολομῶνος, « Testament de Salomon » (2), on lit que, quand Salomon construisait le Temple, il avait comme conducteur des travaux un icoglan qu'il chérissait tendrement. Aussi lui faisait-il servir double ration. Et pourtant, ce garçon maigrissait et dépérissait à vue d'œil. Car la

(1) Publiée dans *P. G.*, CXXII, col. 1317, d'après les *Anecdota graeca de* Fleck (Leipzig 1837). Fleck avait reproduit le texte de la Διαθήκη donné par un *Parisinus* que Du Cange (*Ad Zonaram*, t. VI, p. 7) avait lu et compulsé; ce ms se trouvait au temps de Du Cange dans la bibliothèque De Thou. Conybeare a traduit et annoté la Διαθήκη dans *The Jewish Review*, XI, p. 1.

(2) *Rev. ét. gr.*, 1892, p. 80; reproduit par Schlumberger dans ses *Mél. d'arch. byz.* (Paris, 1895), p. 125.

nuit, le démon Ornias lui suçait le sang par le pouce. Salomon, enfin informé de cela, confie son anneau à l'icoglan, en lui recommandant d'en frapper la poitrine du démon (1). Ainsi fut fait. Alors le démon perd toute force, et l'icoglan le traîne jusqu'à la Sublime Porte de Salomon (2). Le roi en fait un esclave, un forçat : après l'avoir marqué (3), il l'emploie à scier et à tailler les blocs de pierre qui lui arrivaient d'Arabie pour les travaux du Temple (4).

Cette bague miraculeuse, que Salomon avait reçue de Dieu par un ange, et grâce à laquelle il pouvait réduire en chartre et obliger aux travaux forcés n'importe quel démon (5), devait sa vertu au pentalpha qui y était gravé : ἡ δὲ γλυφὴ τῆς σφραγῖδος ἐστι πεντάλφα αὕτη (6).

Ainsi l'expression σφραγὶς Σολομῶνος pouvait désigner deux talismans différents : l'un au type de Salomon à cheval transperçant la diablesse — c'est le type des talismans monétiformes dont nous avons parlé plus haut — l'autre au type du pentalpha. Ils étaient nommés l'un et l'autre σφραγὶς Σολομῶνος, le premier parce qu'il représentait Salomon et qu'il procurait à la personne qui le portait le secours tout-puissant de ce grand magicien, le second parce qu'il reproduisait le pentalpha gravé sur la bague dont l'Éternel avait gratifié Salomon. Un papyrus renferme cette formule : ὁρκίζω σε κατὰ τῆς σφραγῖδος ἧς ἔθετο Σολομὼν ἐπὶ τὴν γλῶσσαν τοῦ Ἰερημίου, καὶ ἐλάλησεν (7) : il est clair que la σφραγὶς avec laquelle Salomon toucha la langue de Jérémie pour rendre la parole au prophète devenu muet, devait

(1) εἰς τὸ στῆθος τοῦ δαιμονίου ῥίψον τὸ δακτυλίδιον.

(2) ἤγαγον τὸν δαίμονα ὡς ἐκέλευσάς μοι, δέσποτα, καὶ ἰδού, στήκεται πρὸ τῶν θυρῶν τῆς αὐλῆς τῆς βασιλείας σου.

(3) Ajouter ce texte à ceux concernant la marque que j'ai réunis et commentés dans l'*Archiv. f. Relig.*, t. XIV, p. 54 et sq.

(4) σφραγίσας αὐτὸν ἔταξα εἰς τὴν ἐργασίαν τοῦ τέμνειν τοὺς λίθους ἐν τῷ ναῷ ἀχθέντας διὰ θαλάσσης Ἀραβίας.

(5) λαβέ, Σολομὼν βασιλεῦ, υἱὸς Δαυίδ, δῶρον ὃ ἀπέστειλέ σοι Κύριος ὁ Θεός, ὁ ὕψιστος Σαβαώθ · καὶ συγκλείσεις πάντα τὰ δαιμόνια τῆς γῆς, ἄρσενα καὶ θήλεα.

(6) *P. G.*, CXXII, 1318.

(7) *P. Paris.* 3009; cf. DIETERICH, *Abraxas*, p. 139. BLAU, *Altjüdische Zauberwesen*, p. 116, déclare ne pas pouvoir expliquer cette légende du mutisme de Jérémie, et de sa guérison par Salomon. Comme je l'ai indiqué ailleurs (*Rev. ét. gr.*, 1903, p. 58), l'origine de la légende en question se trouve dans un passage de Jérémie même (I, 9) : καὶ ἐξέτεινε Κύριος τὴν χεῖρα αὐτοῦ πρός με καὶ ἥψατο τοῦ στόματός μου καὶ εἶπε Κύριος πρός με · Ἰδοὺ δέδωκα τοὺς λόγους μου εἰς τὸ στόμα σου. Il avait dû se créer sur ce texte une haggada : Jérémie, avant de se mettre à prophétiser, était muet ; le Seigneur l'avait consacré prophète par l'intermédiaire de Salomon le roi magicien, devenu l'un des anges de Dieu ou l'une de ses hypostases. « Avant que tu fusses sorti du ventre de ta mère, je t'avais consacré, je t'avais établi prophète des nations » (Jérémie, I, 5) : ce texte disculpait l'haggada du reproche d'anachronisme.

être celle-même que le roi magicien avait reçue de Dieu, sur le chaton de laquelle était gravé le merveilleux pentalpha.

Mais, dira-t-on, certaines σφραγῖδες Σολομῶνος de l'autre catégorie, de celles au type de Salomon transperçant la diablesse, sont appelées, dans les inscriptions qu'elles portent en exergue, non pas toujours σφραγὶς Σολομῶνος, mais parfois σφραγὶς Θεοῦ (1), σφραγὶς τοῦ ζῶντος Θεοῦ (2) : faut-il croire que la bague envoyée par Dieu à Salomon représentât déjà celui-ci à cheval, transperçant la diablesse? Cette conclusion ne paraît pas admissible. Je crois que, si la σφραγὶς Σολομῶνος du deuxième type (Salomon victorieux de la diablesse) a été appelée parfois σφραγὶς Θεοῦ, c'est parce que, pour le symbolisme chrétien, Salomon était dans certains cas, une « figure » de Dieu, du Dieu vivant, du Christ. Au gâble du grand portail de la cathédrale de Strasbourg, on voit le roi Salomon sur son trône et, au-dessus de Salomon, l'Enfant Jésus sur les genoux de Marie (3) : le *Speculum humanae salvationis* nous donne la clef de cette imagerie symbolique :

Thronus veri Salomonis est beatissima Virgo Maria,
In quo residebat Jesus Christus, vera Sophia (4).

Même symbolique chez les chrétiens d'Orient : le grand ouvrage éthiopien, intitulé *Kebra Nagast,* « la Puissance des Rois », qui date du XIVe siècle, donne au Christ le nom mystique de Salomon (5). Une pierre gravée (6) — de celles dites à tort *gnostiques* — porte l'inscription

ΙΑΩ ΣΟΛΟΜΟΝΟ ΣΑΒΑΩ

Ces rapprochements permettent de comprendre que sur les talismans monétiformes au type de Salomon transperçant la diablesse, le roi magicien ait pour arme, non pas vraiment une lance, mais une croix à longue hampe : il transperce la diablesse avec le bout inférieur de cette hampe : cette représentation rappelle celle de la

(1) *Rev. ét. gr.*, 1903, p. 50, fig. 8; cf. PRADEL, *op. l.*, p. 298.
(2) *Bull. de corr. hell.*, 1893, p. 638; *Bull. arch. crist.*, 1894, p. 105; *Rev. ét. gr.*, 1903, p. 49.
(3) Cf. *Speculum humanae salvationis*, éd. LUTZ-PERDRIZET, t. I, p. 251; t. II, pl. 100.
(4) *Spec. hum. salv.*, ch. IX, 53-54. Cf. PERDRIZET, *Étude sur le S. H. S.*, p. 38-44.
(5) Cf. l'éd. BEZOLD, dans les *Abh. der philos.-philol. Kl. der bayer. Akad.*, t. XXIII, p. 62-63, et *Zeitsch. f. Assyr.*, XXIX, p. 98.
(6) WESSELY, *Ephesia grammata*, n° 202, d'après MONTFAUCON, *Palaeographica graeca*, pl. CLXIV.

Descente aux Limbes, où l'on voit le Christ abattre de même, avec une croix pareille, Hadès ou Lucifer.

XI

Ce serait un long travail que de traiter à fond du pentalpha (1). Les symbolistes ont vu tant de choses dans cette figure en apparence compliquée et qu'on trace d'un même trait de plume, sans lever la main. Une gravure de J. Collaert, d'après Rubens, au frontispice d'une Bible latine (2), en fait un symbole du Pentateuque, chacun des cinq livres sacrés étant représenté par une des cinq pointes de la mystique étoile. Qui dira toutes les rêveries que le pentalpha a inspirées à la Synagogue ! Mais bien avant les Juifs, les Grecs semblent avoir médité sur cette figure. Déjà ils y voyaient un porte-bonheur. Nous avons, Lefebvre et moi, trouvé le pentalpha au Memnonion d'Abydos, dans un graffite ptolémaïque. Ce graffite, dira-t-on peut-être, témoigne de l'influence du judaïsme, si répandu dans l'Égypte des Ptolémées. Il se pourrait; mais, bien avant les Ptolémées, dès la période archaïque, le pentalpha ou pentagramme avait été pour les Grecs une figure talismanique : on le trouve comme épisème de bouclier sur les vases attiques (3), comme parasème sur des monnaies (4).

C'étaient surtout les Pythagoriciens, dont on sait l'esprit mystique et superstitieux, qui avaient médité sur cette figure. Ils en avaient dû faire l'équivalent géométrique du nombre cinq, qui pour eux signifiait l'union des sexes (5), l'homme valant trois et la femme deux. Mais surtout ils y reconnaissaient le symbole de la santé : aussi l'appelaient-ils ὑγίεια (6).

J'ai montré ailleurs que les Grecs, particulièrement ceux d'Égypte,

(1) J'ai déjà réuni bon nombre de références dans *Rev. ét. gr.*, 1903, p. 56, et dans les *Graffites grecs du Memnonion d'Abydos*, p. 99.

(2) *Biblia sacra cum glossa ordinaria*, Douai, 1617. Cette gravure se trouve au Cabinet des estampes de la Bibliothèque Nationale, dans le cinquième tome de l'Œuvre de Rubens (Cc 31).

(3) Par ex. sur le bouclier de l'Athéna d'une amphore panathénaïque, *Mon. dell' Inst.*, I, pl. XXII, p. 9 (cf. S. Reinach, *Rép. des Vases*, I, p. 69, qui confond le pentalpha avec le triquètre).

(4) *Graffites d'Abydos*, p. 101.

(5) Delatte, *Études sur la littérature pythagoricienne*, p. 152.

(6) Lucien, *Pro lapsu inter salutandum*, ch. V : τὸ πεντάγραμμον, ᾧ συμβόλῳ πρὸς τοὺς ὁμοδόξους ἐχρῶντο, ὑγίεια πρὸς αὐτῶν ὠνομάζετο. Si la figure symbolique qui fait le sujet de la curieuse histoire racontée par Jamblique (*De Pythagorica vita*, 237-239) était le pentagramme, c'est ce qu'on ne saurait dire.

usaient de pains consacrés, dont le dessus était imprimé au moyen d'un moule en creux, et que ces pains étaient dénommés ὑγίεια: (1). Or, le Musée historique de Bâle possède un moule en albâtre (h. 32 mm, diam. 52 mm), qui a dû précisément servir à imprimer des ὑγίεια:, et dont le type est un pentalpha avec, en exergue, le mot

ΥΓΙΕΙΑ

Ce moule m'a paru tellement curieux que, bien qu'il ait déjà été publié par R.-F. Burckardt (2), je n'ai pas hésité à le faire reproduire ici (fig. 12). M. Burckardt avait cru pouvoir démontrer que l'objet datait du XVIe siècle. C'est qu'il ne connaissait pas l'archéologie et l'épigraphie de l'Égypte grecque. Il n'y a aucun doute à avoir sur l'antiquité, l'authenticité, la provenance de ce monument. La matière garantit la provenance égyptienne : c'est du fin calcaire de Tourah. La forme des lettres est pareille à celle, par exemple, des inscriptions gravées sur le moule du Musée Britannique publié par M. Marshall (3). Le moule du Musée historique de Bâle lui a été donné en 1869 par un pâtissier bâlois, feu Jacques Christophe Mayer. Il avait appartenu au XVIe siècle à un médecin et humaniste français, Louis Demoulin de Rochefort, né à Blois en 1515, qui fut médecin de Marguerite de Valois, sœur de François Ier, puis du duc de Savoie, Emmanuel Philibert, et qui, quatre ans avant sa mort, vint s'établir à Bâle avec ses livres et ses collections. Quand il préparait son exode pour Bâle, il écrivait de Turin à son ami Théodore Zwinger, le 12 octobre 1575 : « *mande a V. S. 10 coli col mio segno antico che la* ὑγίεια *à questo modo* » (suit un pentalpha).

Fig. 12.

(1) *Rev. ét. gr.*, 1914, p. 266. Cf. *Terres cuites grecques d'Égypte de la coll. Fouquet*, t. I, p. 120.

(2) *Mutmassliche Herkunft eines Stempels mit Pentagramm und der Inschrift* ΥΓΙΕΙΑ *im historischen Museum zu Basel*, ap. *Anzeiger fur schweizerische Altertumskunde* ou *Indicateur d'antiquités suisses*, 1918, p. 49. DEONNA (*Id.*, 1919, p. 87) croit qu'il s'agit d'un monument du christianisme primitif.

(3) *Journal of Hellenic Studies*, 1913, p. 85; cf. *B C H*, 1914, p. 95.

Chose curieuse, sur l'une des médailles qui nous ont conservé le portrait de Demoulin, on voit dans le champ un petit pentalpha (1). C'est au milieu d'un hexalpha que Jacques Callot a encadré le portrait du médecin et collectionneur d'estampes de l'Orme (2), gravure d'un symbolisme compliqué, dont les inscriptions, les unes latines, les autres grecques, donnent le sens (2). Ces médecins de la Renaissance, entichés d'emblèmes, comme on l'était de leur temps, et grands hellénistes, parce qu'ils voulaient lire dans l'original les vieux maîtres de leur science, Hippocrate, Galien et combien d'autres, savaient bien que l'ὑγιεία, but de la médecine, avait eu pour emblème chez les Grecs le pentalpha.

Je veux bien qu'ils l'aient su par le texte de Lucien que je rappelais tantôt; mais je croirais plus volontiers qu'ils le tenaient de la tradition : la signification du pentalpha leur était connue par les grimoires et les vieilles recettes de la magie médicale. « Soigneusement, écrit Gargantua à Pantagruel, revisite les médecins grecs, arabes et latins, sans contemner les thalmudistes et cabbalistes. » On lit dans un ἐξορκισμὸς περὶ τοῦ ἀδελφικοῦ (3) : ἤγουν καὶ πιάνῃ βήσαλον ἑλληνικὸν, καὶ γράφῃ πεντάλφαν εἰς τὰς δύο μεράς.

Un exorcisme contre le ver des moutons, dans un manuscrit grec du XVIe siècle, se termine par un abracadabra suivi de trois pentalphas (4). Dans le même manuscrit, en tête d'une εὐχὴ εἰς ἄγραν ἰχθύων, on voit un hexagramme inscrit dans un autre plus grand, et

(1) *Anzeiger f. schw. Altert.*, 1918, p. 41.

(2) MEAUME, *Recherches sur... Jacques Callot*, p. 228, n° 506. Ce portrait est reproduit dans P. P. PLAN, *Jacques Callot* (Bruxelles, 1911), pl. LXXIX. Cf. BRUWAERT, *Vie de Jacques Callot* (Paris, 1912), p. 199.

(3) VASSILIEV, *Anecdota graeco-byzantina*, p. 336. FOURNIER (*Mém. soc. linguistique*, IX, p. 339) a voulu reconnaître dans l'ἀδελφικὸς νόσος « une passion mauvaise », la passion incestueuse d'un frère pour sa sœur, telle celle que la légende du Moyen Age prêtait à Charlemagne (Gaston PARIS, *Hist. poét. de Charl.*, p. 378, BÉDIER, *Lég. épiques*, 2e éd., III, p. 356 et MALE, *L'Art relig. du XIIIe siècle*, 3e éd., p. 408), telle encore dans II *Samuel*, XIII, 2, la passion d'Amon pour Thamar :

> *Amon en voulst deshonnorer,*
> *faignant de manger tarteletes,*
> *sa sœur Thamar et desflourer,*
> *qui fut inceste manifeste.* (Villon.)

Cette explication est mauvaise assurément. BENIGNI (*Bessarione*, II, p. 374) et Pétridès (*Rev. de l'Orient chr.*, V, p. 597), qui veulent voir dans la prière dont il s'agit un remède contre l'épilepsie, proposent la correction ἀδελφικοῦ] δελφικοῦ ou Δελφικοῦ. L'explication de PRADEL, *Griech. Gebete*, p. 80, d'après laquelle il s'agirait d'une formule contre le « mal de hanche » (?), ne s'impose pas davantage.

(4) PRADEL, *Griechische Gebete*, p. 14, l. 22.

au-dessous de cette figure, un pentagramme (1). Un pentagramme est dessiné dans un manuscrit médical latin à la fin d'une recette *ad morbum porcorum* (2). Ces exemples, qu'on pourrait multiplier, suffisent, je crois, à montrer que la magie du Moyen Age connaissait la signification antique du pentalpha.

Ces pentalphas qui, soit isolément, soit au nombre de trois, commencent ou terminent dans les manuscrits certaines formules magiques sont analogues aux croix qui commencent ou terminent, dans les textes de la même époque, les prières chrétiennes. Dans l'un et l'autre cas, la figure est là pour indiquer le geste rituel qu'il faut faire : s'il s'agit d'une prière chrétienne, le geste de la croix; s'il s'agit d'une prière magique, d'une incantation superstitieuse où la religion chrétienne n'a pas à intervenir et qu'elle réprouverait si elle en était informée, le geste du pentalpha. Je ne doute pas, en effet, que ces pentalphas écrits au début ou à la fin des formules magiques n'aient été figurés en signes par le récitant : il devait se signer en se touchant six fois, au front d'abord, puis à la cuisse gauche, puis à l'épaule droite, puis à l'épaule gauche, puis à la cuisse droite, et finalement de nouveau au front : le pentalpha n'est-il pas la schématisation de la forme humaine ?

(1) PRADEL, *op. cit.*, p. 15.

(2) HEIM, *Incantamenta magica*, p. 563. Le ms est un *Sangallensis* du XIe siècle, mais la recette est une addition postérieure dont j'ignore la date.

tion est laissée au souscripteur. Les souscriptions à l'ensemble des publications bénéficient d'une réduction de 20 % en France (15 % à l'étranger) sur le prix de chacun des volumes et les souscriptions partielles, d'une réduction de 15 % en France (10 % à l'étranger).

Les unes et les autres doivent être adressées directement à la Commission des Publications et accompagnées d'un premier versement de 100 francs qui assurera l'envoi des volumes au fur et à mesure de leur publication. La provision épuisée, les souscripteurs en seront prévenus par une facture les priant de la renouveler, s'ils le jugent à propos.

Le versement des souscriptions peut se faire par un mandat-poste ou, plus commodément, par un *chèque postal* à l'adresse :

Commission des Publications de la Faculté des Lettres,
Strasbourg 3670.

EN PRÉPARATION :

P. ALFARIC, Simon le Magicien.

Marc BLOCH, Les rois thaumaturges.

E. CAVAIGNAC, La population du monde antique et les statistiques de démographie moderne.

HUBERT GILLOT, La querelle des Anciens et des Modernes en France, de Perrault au Romantisme.

M. LANGE, Étude critique sur le comte de Gobineau.

G. MAUGAIN, Dante en France au XIXe siècle.

P. MONTET, Études d'égyptologie.

Chr. PFISTER, de l'Institut, Un mémoire inédit de l'Intendant Colbert sur l'Alsace au XVIIe siècle.

A. PIGANIOL, Recherches sur les Jeux romains.

E. PONS, Le thème et le sentiment de la nature dans la poésie Anglo-Saxonne.

P. ROUSSEL, Les fragments d'Euripide : Études littéraires et mythologiques.

E. VERMEIL, La Constitution de Weimar.

BIBLIOGRAPHIE ALSACIENNE, 1918–1921.

NB. Voir au dos de la couverture la liste des premières publications.

Premières Publications de la Faculté des Lettres

de l'Université de Strasbourg.

Fasc. 1. Th. GÉROLD, **L'art du Chant en France au XVIIe siècle.** 300 pages, avec musique . . . . 30 fr.

Fasc. 2. Th. GÉROLD, **Le manuscrit de Bayeux,** text. et mus. d'un rec. de chans. du XVe s., 200 p., avec mus. . . . 15 fr.

Fasc. 3. E. GILSON, **Études de philosophie médiévale,** 298 p., 13 fr. 50

Fasc. 4. L. LAVELLE, prof. au Lycée Fustel de Coulanges, **La dialectique du monde sensible,** XLI, 232 pages, 12 fr. 50

Fasc. 5. L. LAVELLE, prof. au Lycée Fustel de Coulanges, **La perception visuelle de la profondeur,** 75 pages . 3 fr. 50

Fasc. 6. P. PERDRIZET, **Negotium perambulans in tenebris:** Études de démonologie gréco-orientale, 38 pages, 15 gravures 3 fr.

SOUS PRESSE:

G. COHEN, **Un manuscrit de Mons et la représentation des Mystères à la fin du XVe siècle.**

P. LEUILLIOT, **Les Jacobins de Colmar:** Procès-verbaux des Séances de la Société Populaire (1791-1795).

R. REUSS, prof. honor. à la Fac. des Lettres, **La constitution civile du clergé et la crise religieuse en Alsace** (1790-1795).

L. ZELIQZON, prof. honor. au Lycée de Metz, **Dictionnaire des Patois romans de la Moselle.**

www.ingramcontent.com/pod-product-compliance
Ingram Content Group UK Ltd.
Pitfield, Milton Keynes, MK11 3LW, UK
UKHW021951260726
13994UKWH00004B/1686